ASSEMBLÉES

DE LA MÊME AUTRICE

Alter égaux, Robert Laffont, 2001.
Les Droits des femmes. L'inégalité en question, Milan, « Les essentiels », 2003.
Les Machos expliqués à mon frère, Seuil, 2008.
Transformer à gauche, Seuil, 2009.
Un beau jour… Combattre le viol, Indigène éditions, 2011.
Le Retour du peuple, Stock, 2012.
Elles se manifestent – Viol, 100 femmes témoignent, Don Quichotte, 2013.
Ne me libère pas, je m'en charge. Plaidoyers pour l'émancipation des femmes, Flammarion, 2013, rééd. 2018.
Nous avons raison d'espérer, Flammarion, 2015.
1968-2018. Notre liberté contre leur libéralisme, Éditions du Cerf, 2018.
Dites-lui que je l'aime, Grasset, 2019.
À gauche en sortant de l'hyper marché, Grasset, 2020.

CLÉMENTINE AUTAIN

ASSEMBLÉES

roman

BERNARD GRASSET
PARIS

Brigitte, « Battez-vous », extrait de l'album *Et vous, tu m'aimes ?*, paroles d'Aurélie Saada et Sylvie Hoarau, 3ème Bureau, Wagram Music, 2011.
Angèle, « Flou », extrait de l'album *Brol*, paroles de Tristan Salvati et Angèle van Laeken, Angèle VL Records, 2018.
Clara Luciani, « La Grenade », extrait de l'album *Sainte Victoire*, paroles de Clara Luciani, 2018.
Jacques Dutronc, « Les Playboys », extrait de l'album *Jacques Dutronc*, paroles de Jacques Lanzmann, Disques Vogue, 1966.

Illustration de couverture : Yasmine Gateau

ISBN : 978-2-246-83208-9

I.

« Je voudrais que l'on prenne au sérieux la soumission qui est en chacune de nous. »

Manon Garcia

Lila déteste l'expression « tomber amoureuse » parce qu'elle raconte une chose qui échappe, une chute. Pourtant, seule dans sa chambre d'hôtel alors qu'elle se brosse les dents, enfile un tee-shirt et met son portable à charger, Lila ne trouve pas d'autres mots pour exprimer ce qu'elle ressent. Quelques minutes plus tôt, quand l'ascenseur s'est arrêté au troisième étage, elle a espéré qu'Antoine ne la laisserait pas filer avant de monter au cinquième. À 2h07 du matin, Lila n'était plus qu'un liquide inflammable. Elle voulait Antoine, tout de suite. Avant que les portes ne se referment, elle s'était imaginé qu'il l'attraperait par le bras pour l'embrasser, lui proposerait un dernier verre ou l'inviterait directement dans sa chambre. Le matin même, Antoine et Lila étaient de parfaits étrangers l'un pour l'autre. En temps normal, Lila aurait jugé vraiment déplacé voire rédhibitoire un tel empressement. Mais, à cet instant précis, elle n'avait rien à faire de ses habitudes ou de la bienséance. Il était trop tard, Antoine l'avait aimantée.

Étendue sur le lit deux places, Lila vérifie que son téléphone n'est pas en mode silencieux. Après tout, Antoine pourrait changer d'avis, lui faire signe. Lila se tient prête. Elle a bien l'idée d'écrire elle-même un message mais la peur de casser les codes, de tomber à plat gèle son audace ordinaire. Elle allume la télé. Les infos en continu qui s'agitent sur l'écran n'impriment pas, Lila se repasse le film de la soirée.

Ce qui lui revient d'abord en mémoire, c'est la pointe de regret d'avoir dit oui à l'invitation de la « NP21 », pour Novation Progressiste au XXIe siècle, un jeune club de réflexion proche du pouvoir en place. Elle l'a immédiatement ressentie en apercevant le SUV noir avec vitres teintées qui l'attendait devant la gare de Bordeaux pour la conduire à ce colloque financé par une batterie de grands groupes. Lila n'a que dégoût pour ces signes extérieurs d'un monde toujours prompt à afficher sa puissance. Ces rencontres l'éloignent de son élément, de son travail universitaire, de son engagement avec l'association Les Alter Égaux – elle s'est enchaînée la semaine dernière aux grilles du siège parisien d'Amazon –, de l'écriture de son prochain essai. Sa jubilation fondamentale à se confronter à l'altérité l'a emporté. Lila a toujours cultivé un mélange de sagesse et de provocation.

Dans la salle de réception de la mairie où les invités de la NP21 étaient conviés à dîner, elle avait observé les lustres rutilants, la démesure des miroirs, la hauteur sous plafond qui écrase l'échelle humaine. Après avoir remis son imperméable aux hôtesses d'accueil, elle s'était installée au hasard à l'une des grandes tablées aux nappes impeccablement repassées, aux bougies ornées de décorations florales et aux bouteilles de vin médaillées or. Si, du haut de ses trente-sept ans, elle avait appris à naviguer d'une sphère à l'autre, Lila continuait à se sentir comme une enfant devant tous les symboles de la supériorité sociale, à la racine de sa révolte intime et politique. Très jeune, Lila avait intériorisé à quel point elle ne ressemblait pas à ses copains de classe qui partaient au ski et portaient des vêtements de marque. Même si elle avait appris à se fondre dans leur univers, elle n'était pas de leur monde et ne le serait jamais. Lila avait trop subi l'humiliation pour échapper à l'esprit de revanche. Sans vraiment se l'avouer, elle oscillait toujours entre la fierté de son ancrage populaire et la honte de son milieu d'origine, entre un rejet viscéral de la bourgeoisie et une tentation d'en être.

Antoine était là, deux chaises les séparaient. Il éclairait tout. Lila fut happée par sa force d'attraction, bluffée par la détermination et la précision de ses propos. L'élégance de son costume marron en lin, qui faisait ressortir ses cheveux couleur miel, ne gâchait rien. Très vite, au milieu des huit personnes attablées en rond, elle ne vit plus que lui. Son visage lui était familier mais ce ne fut qu'au fil de la discussion qu'elle réalisa l'avoir déjà vu à la télévision ou sur du papier glacé. Cet homme si lumineux et captivant, c'était Antoine Polin, un député de la majorité présidentielle, figure montante du parti Énergie et Liberté (EL). Elle ne l'avait jamais considéré autrement que comme l'un des pantins d'un groupe politique qu'elle combattait, plutôt bel homme certes mais fade. Le décalage avec l'impression qu'il lui faisait en chair et en os fut sidérant. Quand Antoine lui adressa un large sourire, Lila vit dans sa dent de devant qui en chevauchait une autre un charme singulier, la signature d'une personnalité. Au pincement dans sa poitrine, elle sut immédiatement qu'il y aurait un avant et un après cette seconde qui la bouleversa.

Lila ne se souvenait pas de la dernière fois qu'elle avait éprouvé une attirance immédiate aussi intense. Quand la conversation se mit à tourner autour de la structuration de la dette française, elle dévisagea le carré de sa mâchoire, les pointes de jaune dispersées dans la pupille de ses yeux bleus, ses mains trapues. Lila était éblouie par l'éclat et la poigne de cet homme à la quarantaine rayonnante. Elle n'en avait pas encore perdu son latin, tenant tête face au concert de plaidoyers pour la baisse *inéluctable* de la dépense publique. Elle ferraillait avec la force que Virginie, aide-soignante, lui avait donnée la veille en criant sa rage dans le micro grésillant devant l'hôpital Tenon en grève. Antoine écoutait patiemment ses arguments, répliquant avec une précision et une agilité qui la déconcertaient. Au dessert, Lila se surprit à penser qu'Antoine Polin devait être un amant hors pair.

C'est sous un parapluie que l'énarque et l'économiste atterrée ont poursuivi leur duel électrique qui avait animé le dîner, du poulet braisé aux verrines trois chocolats. Marchant côte à côte, pressés l'un vers l'autre sous le pépin noir à petits pois blancs de Lila pour se protéger d'une pluie battante, ils n'étaient pas – et ne seraient jamais – d'accord. Comment auraient-ils pu l'être ? Lila se demanda si leur opposition idéologique n'avait pas contribué à cette valse de séduction. Antoine était brillant, ses démonstrations limpides, son vocabulaire riche, elle prenait un réel plaisir à l'affronter. Il ne cherchait pas à l'écraser de ses certitudes mais à la convaincre. Leur duel avait fini par éclipser tous les autres participants à la conversation, transformée à présent en tête à tête sous les lumières tamisées d'un bar branché du quartier Saint-Pierre où une grappe d'invités s'était réfugiée. Alors que le fond de musique techno obligeait à hausser le ton, le timbre de voix légèrement cassé d'Antoine l'accrocha par-dessus tout. Sa façon un peu saccadée et franchement particulière de prononcer les mots lui parut d'une sensualité foudroyante.

Après deux mojitos, leur dialogue avait basculé dans l'intime. Lui, son enfance à Rennes en fils aîné adulé, son couple vieux de plus de vingt ans qu'il qualifia *sans surprise*, ses filles dont il montra les photos avec une expression béate d'admiration même s'il regrettait de ne pas les voir suffisamment. Elle, sa jeunesse dans les beaux quartiers alors que ses parents issus de l'immigration algérienne luttaient contre la pauvreté, sa vie monoparentale avec son fils de sept ans, sa passion pour la recherche et l'écriture. De la confrontation idéologique, ils étaient passés aux points communs d'une vie hyperactive qui emporte tout, d'une passion pour l'engagement qui surplombe tout le reste. Ensemble, ils avaient déploré le temps qui file à la vitesse de l'éclair, les désirs de littérature et de cinéma inassouvis, les fantasmes de farniente sans cesse entravés. En miroir, ils partageaient leur insatiable pulsion de vie.

Lila eut l'impression que tout le monde voyait ce qui se tramait, le rapprochement des corps, leur isolement dans la foule. Au troisième mojito, elle lui avait demandé s'il voulait être président de la République. Antoine avait souri, heureux de se savoir démasqué. *C'est fou, le nombre d'hommes de pouvoir qui rêvent sérieusement d'être président de la République*, songea Lila. Comme un athlète de premier plan qui viserait le podium suprême aux JO. Pourquoi ne pas être le premier, le meilleur, le surhomme ?

En rabattant le drap pour couvrir ses pieds froids, Lila n'en revient pas d'avoir craqué pour un homme qui porte des cravates et se drape dans le prêchi-prêcha dominant. Antoine dégage une intelligence et une assurance qui l'ont renversée, sans prévenir. Lila constate l'effet produit : la voix et la maîtrise d'Antoine lui donnent une puissance érotique phénoménale. Elle se sent incapable d'y résister et de rationaliser son émotion. Sur ces pensées, sans nouvelles de lui, Lila attrape les télécommandes pour éteindre sons et lumières, et s'endort dans un souffle.

20h04, les invités peuvent arriver d'une minute à l'autre. Antoine n'est pas là. Toujours le même scénario, Estelle ne s'y fait pas, enfin pas vraiment. Elle a demandé à son mari de prendre le pain mais son esprit doit être ailleurs, le temps a dû lui manquer. Estelle se figure déjà Antoine arrivant essoufflé, attaché-case à la main débordant de paperasses et portable collé à l'oreille. Sans pain. Il l'embrassera tendrement sur la joue, bredouillera un mot d'excuses, poursuivra sa conversation téléphonique. Victoire lui sautera au cou parce que Victoire grimpe toujours dans les bras de son père, alors que Jade attendra qu'il vienne à elle. Pendant ce temps, Estelle terminera la sauce de la salade, les mains pétries d'échalotes. Elle connaît la chanson.

Depuis une heure, Antoine ne répond plus à ses messages. *Tu arrives vers quelle heure ? Tu as pris le pain ?* Estelle déteste ce silence et aujourd'hui, elle est éreintée. D'ordinaire, elle supporte les retards, les absences, les légèretés d'Antoine avec davantage de calme. Là, sans bien savoir pourquoi, elle songe qu'elle n'y arrive plus. Elle aussi, elle travaille, elle a un emploi du temps qui occupe pleinement ses journées, avec des responsabilités, des avis à rendre, des amabilités à dispenser. L'expertise en art contemporain, ce n'est peut-être pas aussi important, aussi palpitant qu'une activité de parlementaire mais quand même, *merde*.

Dans sa tête, ce n'est pas la colère qui se déploie, il y a un moment déjà qu'elle n'en a plus l'énergie, mais plutôt une lassitude, comme un râle. Depuis combien de temps cale-t-elle tout aux forceps pour relayer la baby-sitter au plus tôt ? Combien de sandwichs a-t-elle avalés sur un coin de table le midi pour être dans les délais ? Combien d'expos et d'inaugurations a-t-elle ratées pour assurer à la maison, diminuant ses chances de progression professionnelle ? Le soir, à peine franchi le seuil de la porte, les filles l'accaparent. Les devoirs à surveiller. Le mot du carnet de correspondance à signer. Le repas à préparer. Quand il n'y a pas un rendez-vous chez le médecin à anticiper, une énième machine à étendre, de la colle qu'il ne faut pas oublier de racheter ou des paires de chaussettes à rassembler. C'est vrai que Victoire et Jade sont maintenant plus autonomes, on est loin des couches et des biberons, mais qui osera dire que l'adolescence est de tout repos pour les parents ? Certes, Estelle n'est pas seule à affronter le quotidien de la maison, il y a la femme de ménage *bien sûr*, le congélateur et le micro-ondes, si utiles lorsque, comme ce soir, il faut recevoir Charles, Camille, Jean-Philippe et Élodie. Nous sommes mardi, Estelle a tout prévu depuis samedi. Un veau Orloff commandé chez le boucher qu'elle fera avec des pâtes fraîches et, pour le dessert, les panna cotta prennent tranquillement dans le frigo depuis hier soir. Pour ça, Estelle assure. Elle a toujours eu le don d'organiser, de planifier, de faire méthodiquement une chose après l'autre. Jamais elle ne se laisse déborder par la vie matérielle mais ce soir, elle ne peut s'empêcher de penser qu'elle en a marre, sans pour autant imaginer ce dont elle aurait envie.

20h23, Victoire est en pyjama, Jade sous la douche, l'apéro sur la table basse du salon. Estelle refuse de regarder son téléphone pour savoir si Antoine lui a enfin répondu. Un artifice comme un autre pour se donner l'impression de ne pas subir. Quand elle a rencontré Antoine il y a vingt-quatre ans, elle a été séduite par sa témérité, sa droiture, sa pudeur. Quelque chose a changé depuis ces années où, étudiants et amoureux, ils vivaient collés l'un à l'autre dans un studio sous les toits, depuis ce jour où elle a dit oui pour prendre le nom d'Estelle Polin. Elle n'arrive pas à mettre des mots pour exprimer ce qui n'est plus tout à fait l'homme qu'elle a connu dans sa jeunesse. S'ils ont su passer les caps ensemble et que le temps n'a pas broyé leur amour, Antoine lui échappe désormais pour une large part. C'est triste à dire mais Estelle se sent souvent seule avec lui, même quand il est physiquement là. Pas une seconde pourtant elle n'envisage sa vie sans lui. Comme s'ils étaient liés, attachés, emboîtés. Deux pièces d'un même puzzle.

Le bruit de la clé. Ce bruit qui lui produit systématiquement un soulèvement de cœur alors qu'elle se désole intérieurement parce qu'Antoine est *encore* en retard. La pression retombe, un soulagement. Il arrive dans la cuisine avec deux baguettes tradition. Il n'a pas oublié, il a pris le temps. *Désolé ma chérie, je n'avais plus de batterie, Yves m'a raconté la réunion avec Hugues Pinson pendant trois plombes... C'est délirant je t'assure, non mais ils sont pas possibles avec leurs changements à la dernière minute, je ne sais pas comment on va faire... Il faut que je rappelle Benjamin dans une heure, j'essaierai de faire court mais comme je dois régler tout ça avant demain 15 heures... enfin bref.* Antoine est ailleurs mais il a toujours ce sourire et cette assurance qui anéantissent toute tentation chez Estelle d'engager l'affrontement. Si elle redescend si vite de son exaspération froide et solitaire, c'est parce qu'Antoine est son pilier, son repère, son ancrage. Pendant qu'elle installe les noix de cajou grillées et les olives aux anchois sur un plateau tournant en bambou ramené de leur voyage en Chine, Antoine se précipite dans la salle de bains pour changer de chemise – il y a des invités – et se vaporiser avec un peu de ce flacon qui trône sur le rebord du lavabo depuis vingt ans, un mélange boisé-épicé-ambré.

On sonne. On s'embrasse. On sert les verres. Les questions se tournent vers Antoine qui possède un talent inégalable pour devenir le centre de tout. De lui, on attend l'analyse politique, les anecdotes, la projection dans l'avenir. Antoine sait briller et accaparer l'attention tout en donnant l'impression de s'intéresser aux autres. C'est fascinant. Aussi loin qu'elle s'en souvienne, Estelle a toujours excellé dans la posture de l'écoute. Son corps s'est arrondi, des rides souples et lisses se sont moulées dans le retour bienveillant de son visage, ses tenues se sont ancrées dans la douceur des tons pastel. Avec ses grands yeux en forme de billes, elle s'inquiète des unes, prend des nouvelles des autres, s'enquiert des petits qui grandissent. Connue pour sa douceur, Estelle a pris l'habitude de s'effacer et de se montrer attentive aux récits de son mari comme aux discussions qui s'ensuivent. Ce n'est pas vraiment de la timidité, plutôt une façon d'être au monde. Elle prend à cœur le tempo du repas, la qualité des plats, leur présentation. Elle met un point d'honneur à ce que les invités ne manquent de rien, elle veille à la chaleur du moment et elle ne s'étonne même plus de passer une soirée entière sans qu'un seul des présents ne s'inquiète de comment elle va, d'où en sont ses projets – d'ailleurs en a-t-elle ? Elle prend plaisir à faire plaisir comme à être *la* femme de cet homme qui irradie. Antoine lui ouvre la porte d'un monde qui resterait fermé sans lui. Il est son ticket d'entrée dans l'univers du pouvoir. Ce n'est pas rien.

Demain 15h, ça te va ? Ni bonjour, ni au revoir, ni comment ça va. Jeanne a l'habitude. Elle n'attend rien, elle prend ce qu'on lui donne, même si ce n'est pas grand-chose. Jeanne vient d'avoir vingt-six ans. L'avenir, elle s'y projette joyeusement mais former un couple, ce n'est pas pour maintenant et évidemment pas avec Antoine. Sans hésiter, Jeanne va à l'essentiel et répond sobrement *Ok*. C'est Antoine Polin tout de même, la classe.

Depuis cette soirée mojito, les pensées de Lila se fondent dans la ouate. Le lendemain, elle a revu Antoine entre deux portes, deux séances de colloque. Une flatterie sur son intervention, des yeux plantés dans son décolleté, Lila est suspendue à l'électricité qui s'est enclenchée. Depuis, elle habite sur un nuage. Elle en a bien conscience, l'affaire n'est pas que physique, mais Lila n'a aucune envie de mener l'introspection sur les raisons intimes de son attrait pour Antoine Polin. Ces derniers temps, elle se lamentait de ne rencontrer aucun homme séduisant, alors elle se laisse transporter par les vapeurs du désir.

C'est elle qui envoie le premier message. De toute façon, Lila a toujours fait le premier pas. Même en CM2, avec Christophe, c'était elle qui avait adressé un petit mot manuscrit, transmis par Miriam, pour lui déclarer sa flamme. Lila envoie son texto à un horaire qu'elle juge tactique, 12h52, au moment où elle s'engouffre dans un déjeuner avec son éditrice, une grande brune au style minimaliste, cheveux grisonnants, d'un genre décidé. Elle avait fait sa connaissance grâce à une amie d'enfance dont le père dirige une grande maison d'édition. Lila met son téléphone hors de portée pour ne pas guetter fiévreusement la réponse d'Antoine pendant qu'elle avalera un tartare et une crème brûlée. Elle se concentre avec résolution sur l'objet du déjeuner. Non, elle ne peut pas décemment avouer à son éditrice qu'elle n'a rédigé qu'un seul chapitre de son prochain essai, et que, dans ce premier jet, bien des termes restent à ajuster. Loin du compte, elle est bien obligée d'embellir la situation. Mastiquant son chewing-gum à la nicotine, l'éditrice engrange les informations rassurantes puis suggère à Lila de se lancer dans la coordination d'un ouvrage collectif sur la démocratisation de la finance – *Vous ne trouvez pas que c'est le moment ?*

À 13h42, Lila jette quand même un œil, discrètement, à son portable qui n'a toujours rien à répondre aux mots qu'elle a ainsi agencés : *Ravie de t'avoir rencontré. Si tu as oublié des arguments sur la dette, n'hésite pas à m'inviter à déjeuner. Je t'embrasse. Lila Mentouri*. A-t-elle été trop directe ? À la réflexion, elle trouve ce *je t'embrasse* très intime. Lila commande un café et décide de s'emballer pour la conversation. Elle ne ferme pas la porte à la proposition de son éditrice, Lila n'aime pas fermer les portes, mais elle ne voit pas comment elle pourrait tout à la fois finir son livre, diriger un essai et préparer la prochaine réunion publique des Alter Égaux, sans compter le reste, les étudiants, son fils et, s'il reste une seconde, le temps pour soi. Mais pour aujourd'hui, l'essentiel est ailleurs : pendant qu'elle réfléchit à ses capacités de travail, à son emploi du temps, Lila ne s'accable pas à scruter ses messages. Elle y a mis un point d'honneur. Jamais elle n'assumera d'être suspendue à la réponse d'un homme, Antoine ou un autre. Lila n'aime pas attendre.

Sur le trajet entre le restaurant à Saint-Germain et la fac de Nanterre, elle reprend son fichu téléphone. Une vibration et c'est la déception, sa sœur Samia lui propose de passer cet été dans leur mobile home à Sète. En même temps, la boucle Telegram de l'équipe d'animation des Alter Égaux s'affole. Les notifications s'enchaînent pour valider le communiqué de riposte contre le Premier ministre qui vient d'annoncer un allègement de l'impôt sur les droits de succession. Lila franchit l'allée de la bibliothèque avec un mental en zone de turbulences, ballotté entre son amour-propre écorché par le silence d'Antoine et l'idée qu'il puisse soutenir *les saloperies du gouvernement*. Elle avance dans le brouillard. Une larme monte au coin de son œil droit mais elle s'arrête là – il ne faut pas exagérer.

À 14h57, Antoine fait son apparition : *Je te fais signe pour une date. Je t'embrasse. AP.* Lila en rougirait intérieurement si c'était possible. Elle sautillerait même de joie si l'heure de son cours n'avait pas sonné. Elle l'embrasse, il l'embrasse, c'est magique. En levant le nez, elle a l'impression que tous les étudiants de première année ont cerné son émoi. Elle se croit transparente, sûre que son état d'excitation est perceptible à dix kilomètres à la ronde. Elle se plonge dans ses notes, ajuste ses lunettes papillon en écaille beige, avale une gorgée d'eau. Deux heures de cours durant lesquelles Lila ne répondra pas à Antoine, c'est toujours ça de gagné.

Jeanne a mis de l'ordre dans son studio. Elle allume une bougie parfumée au santal, choisit ses dessous – blancs, Antoine préfère le blanc – en chantant sur Brigitte qu'elle écoute fort, parce qu'elle écoute toujours la musique à fond, elle est à fond. *J'ai tellement besoin d'amour, de tes bras, de ta voix de velours… J'ai tellement besoin d'amour, tu ferais de moi ta belle de jour…* Jeanne adore ces moments de solitude où elle crache ses nerfs et ses rêves par-dessus les paroles et mélodies écoutées, réécoutées, connues par cœur.

Jeanne essaie un jean, celui qu'Antoine aime bien, un brut assez moulant. Elle hésite, peut-être une jupe pour changer… Et puis non. Jeanne n'a pas fini de s'habiller mais elle a faim. Il est 14h07. Pieds nus, soutien-gorge à peine agrafé, Jeanne ouvre le frigo. Ce n'est pas Byzance : des yaourts bulgares, une barquette de carottes râpées bio, un reste de coquillettes complètes dans un Tupperware, du tofu. Elle referme, rien ne lui dit. Un paquet de graines de courge fera l'affaire. Et le haut, que va-t-elle mettre en haut ? Une chemise blanche, simple, qui offrira une belle ouverture sur ses seins, surtout avec le soutien-gorge *push up* qu'elle a choisi pour donner un peu de volume. L'idée de boutons à défaire l'amuse. Elle tente, se regarde dans la glace, sourit, se regarde encore, se mord la lèvre inférieure, se tourne un peu, sourit encore. Puis elle contemple ses longs cheveux bruns légèrement brossés, le trait au crayon qu'elle a refait trois fois pour bien souligner ses yeux noisette, ses fesses et ses genoux parfaitement moulés dans son jean *slim* qui élance sa silhouette, ses pieds nus toujours aussi laids même si le rouge orangé sur ses ongles masque la misère. En se dandinant devant le miroir, Jeanne pense à la vie devant soi avant de se diriger vers la bibliothèque pour choisir les livres qu'elle laissera traîner, histoire de se raconter ou de se la raconter, elle ne sait pas bien.

Balayant du regard les étagères, témoins de ses quatre années d'études en sciences politiques qui lui paraissent si loin alors que c'était hier, Jeanne s'arrête sur *1984* de George Orwell, elle trouve que ça fait d'époque et un brin mystérieux. Ou alors un essai féministe ? Ce serait piquant. *King Kong Théorie* de Virginie Despentes, son préféré, elle y pense bien mais doute qu'Antoine apprécie. Un titre moins radical serait plus sûr. Jeanne attrape dans l'étagère *La Femme indépendante* de Simone de Beauvoir, laisse le marque-page en place à la page 67, en se disant qu'il faudra penser à poursuivre la lecture. Orwell et Beauvoir négligemment déposés dans la pièce, Jeanne s'avance vers la salle de bains pour se parfumer. Une petite heure avant, c'est le moment, il ne faudrait pas qu'il puisse s'apercevoir qu'elle s'est longuement préparée. Oui, Jeanne tient à avoir l'air naturel tout en étant parfaitement prête à recevoir celui qui l'embrassera, et cetera. Elle veut donner l'impression d'être presque surprise dans un quotidien débordé.

N'empêche, Jeanne attend Antoine. Au fond, elle adore attendre un homme, ou alors elle ne sait pas faire autrement. Le lit est fait, les piles de paperasses sont planquées, les chaussures rangées. Elle aère un peu, regarde chaque objet pour en déranger un, puis deux, avant d'allumer une cigarette, une de ses Vogue mentholées. Jeanne aime l'état d'excitation générale que lui procurent ces rendez-vous, une forme d'adrénaline qui la tient plusieurs jours, avant et après. Avec Antoine, c'est de haut vol. Elle a un faible pour lui, même si elle ne se fait aucune illusion. Chaque fois peut être la dernière, on ne peut pas prévoir, c'est tout à fait excitant.

Après avoir écrasé son mégot dans une tasse à café sur le rebord de la fenêtre, Jeanne retourne dans le frigo et s'ouvre une canette de Coca Zéro. Venue à la politique d'abord par l'écologie, elle s'en veut de ne pas boire *développement durable* mais elle adore le petit bruit et la mousse qui se dégage avec ce simple geste. Un pschitt. Pas de sucre, pas de caféine, il ne reste rien des promesses de Coca-Cola, Jeanne le sait, elle boit du rien, *et alors ?* Elle guette l'heure sur le four : 14h37. Le décompte, vingt minutes environ, lui soulève légèrement le cœur. Jeanne est prise d'un doute, ce tee-shirt échancré aux motifs rose et vert qu'elle a acheté la semaine dernière avec Manon n'est-il pas plus adapté pour aujourd'hui ? Elle essaie pour voir mais non, elle revient au blanc à boutons. Antoine aime une tonalité plutôt classique, enfin c'est ce qu'elle présume.

Quand l'interphone sonne, Jeanne jubile d'entendre *c'est moi*. Antoine est là, à portée de main. Elle ouvre. Il monte. Elle laisse la porte entrouverte. Il pénètre dans l'appartement, pose sa sacoche, desserre sa cravate. Il l'embrasse, l'emmène sur le lit, enlève les boutons. La force qui se dégage de ses mouvements la renverse. Jeanne adore cette poigne. Elle se laisse conduire par le désir de cet homme qui semble savoir ce qu'il veut, où il va. Elle se demande juste s'il n'a pas changé de déodorant.

Dans quelques minutes, son mari apparaîtra sur l'écran de télévision. Estelle se doit de le regarder car Antoine attend dans la foulée une réaction. Cet appui constant, teinté de clémence et d'encouragements critiques, l'animal politique en a besoin. Une question d'équilibre personnel, une forme d'écosystème, une soupape pour nager dans son bocal à requins. Estelle s'y prête, par amour sans doute – ou serait-ce par routine ?

De son canapé d'angle en cuir blanc, Estelle doit bien reconnaître qu'elle ne boit plus les paroles de son mari. Elle se lasse même de l'entendre, elle pourrait terminer ses phrases, elle perçoit ses faiblesses, tout ce qu'il n'arrive pas à corriger. Estelle trouve qu'Antoine ne progresse pas aussi rapidement qu'il le faudrait. Ou peut-être commence-t-elle à se fatiguer, déjà, des efforts à consentir pour grimper les marches du pouvoir. Toute sa vie semble arrimée à cette maudite politique, à son rythme qui empiète sur la vie familiale et le temps libre, à ses petitesses et ses violences qui rongent Antoine de manière larvée mais certaine. Jamais elle ne dira à son mari que, finalement, elle n'est plus sûre de vouloir de cette quête folle. Elle l'a tellement encouragé, elle a tant fantasmé d'être la femme du président qu'elle se sidère elle-même d'éprouver une forme d'écœurement à l'idée de gravir les sommets.

Une fois encore, elle enfouit ses hésitations, ses angoisses de vie vaine, et attrape du chocolat. Attention, pas n'importe lequel, son préféré, du Gianduja lait très croustillant avec des éclats de noisettes et amandes mâtiné de caramel mou beurre salé – huit euros cinquante la plaquette, c'est dire si ça fond dans la bouche. Au premier carré, elle sent déjà que ses élans sinistres se ratatinent, ils se feront la malle à la fin de la tablette. Estelle pose sa tête sur un grand coussin au design géométrique, en velours de coton vert menthe, qu'elle a acheté un jour d'abattement. Elle est parée pour l'ennui.

Estelle trouve Antoine d'une parfaite élégance avec cette chemise ocre qu'elle lui a trouvée lors d'un déplacement à Londres. Elle s'est toujours prévalue d'avoir le compas dans l'œil pour son mari qui prend la lumière comme aucun des trois autres débatteurs. Comme toujours, Antoine argumente, avec précision, chiffres à l'appui. Implacable. Elle relève toutefois que son débit est encore trop rapide. Il faudrait ralentir mais Antoine ne sait pas ralentir. Surtout, il apparaît comme un technocrate et Estelle sent que ces derniers ont fait leur temps. En face, entourée d'hommes sur le plateau, la députée d'Alliance rouge et verte (ARV) a l'avantage du carmin de sa veste qui claque, l'atout de sa singularité féminine et de son authenticité. Elle est moins précise qu'Antoine, c'est net, mais Émilie Clark dégage quelque chose de profondément humain qui la rend convaincante.

Ce soir plus que d'autres, Estelle perçoit chez Antoine une faille. Mais comment s'inventer un registre, un vocabulaire, des exemples pour parler de la vie des gens en dehors des statistiques et des règlementations, quand on a passé sa vie à rédiger et à engloutir rapports et pourcentages ? Antoine est devenu député d'Ille-et-Vilaine presque sans effort, une vague l'a porté, celle du président Chavert. En quelques mois, il a basculé d'un cabinet ministériel à un mandat de parlementaire. Estelle est persuadée que son mari ne s'est pas suffisamment frotté à la *réalité du terrain*. Il aurait dû se lancer lui-même à l'élection municipale de Rennes mais il a refusé fermement, en raison de l'impossible cumul des mandats et surtout par peur d'un échec trop coûteux pour sa carrière. La désertion d'Antoine, lui qui se croit toujours si fort, capable de gagner, a surpris Estelle. Le candidat d'Énergie et Liberté s'est vertement cassé le nez, avec un score médiocre de 11,5 %. Estelle a eu beau répéter à Antoine qu'il aurait fait tellement mieux, il n'a rien voulu entendre. Par la suite, elle a conclu que son entêtement traduisait sa part de lucidité, qualité indispensable pour durer en politique – elle en était désormais convaincue.

Un morceau de chocolat en bouche, Estelle s'étonne de la tournure du débat qui ne se passe absolument pas comme elle aurait pu l'imaginer. Après les retraites, la loi sur l'immigration prochainement en discussion à l'Assemblée nationale occupe maintenant la discussion sur le plateau. D'un seul coup, Antoine sort de sa zone de confort pour s'en prendre au projet gouvernemental. Estelle en est abasourdie, son mari se retrouve à défendre des thèses proches d'Émilie Clark qui représente le Parti du progrès humain (PPH), une formation récente de gauche radicale qu'Estelle déteste pour *son excès en tous points, sa brutalité, sans compter ses leçons de morale permanentes*. Pourquoi diable Antoine se met-il dans un corner en prenant ses distances avec le gouvernement et la majorité dont il fait partie, ce à quelques mois des désignations des candidats aux législatives de juin prochain ?

Estelle arrache le papier sulfurisé de sa plaquette de Gianduja pour attraper un nouveau carré – *Le dernier, c'est promis*. Elle n'avait pas compris que les divergences exprimées par Antoine en privé, l'autre soir encore, avec les invités, deviendraient publiques. D'ailleurs, elle ne partageait pas le point de vue de son mari, elle estime qu'il faut bien un peu de fermeté devant l'afflux d'immigrés et que la menace de l'extrême droite exhorte à ne pas lui laisser le champ libre sur ce point. Estelle se sent presque trahie en écoutant son mari. *Mais bon sang*, pourquoi prend-il le risque d'être ostracisé par le pouvoir en place, par son propre camp, celui qui peut lui permettre d'accéder aux plus hautes fonctions ? À l'écran, elle voit avec sidération Émilie Clark opiner du chef aux paroles d'Antoine. Cette soudaine et bien étrange complicité, Estelle n'en revient pas. Pendant qu'elle fulmine sur son canapé, Antoine ne mâche pas ses mots : « Il manque de l'humanité dans ce texte. » *Rien que ça !*, peste-t-elle, au bord de s'étrangler.

À la fin de l'émission, Estelle regarde les réactions sur les réseaux sociaux. Les propos de son mari sont repris partout, commentés en long, en large et en travers. Les uns saluent son courage, les autres l'accablent pour sa traîtrise. En une demi-heure d'antenne, Antoine est devenu un « frondeur », terme que l'on retrouve à plusieurs reprises sous la plume des journalistes. Estelle voudrait comprendre mais, pour l'heure, elle envoie son message, doux comme toujours car elle sait d'expérience qu'Antoine ne peut pas supporter un jugement trop virulent quand il vient de s'exposer. Elle s'y reprend à trois fois puis envoie : *Bien ! Précis et efficace. Il faut juste que tu parles moins vite, vraiment, que tu sois plus solennel. Par ailleurs, je ne comprends pas à quoi tu joues en critiquant si ouvertement le projet de loi sur l'immigration.*

Tu m'expliqueras... Ne rentre pas trop tard, Victoire et Jade t'attendent pour dormir.

Estelle ne sait pas bien si elle aussi, elle l'attend. Elle aimerait une explication et pourtant, elle n'en ressent pas l'urgence. Estelle est déjà repartie dans son rituel solitaire. Au fond, elle n'a besoin de personne pour se démaquiller, se mettre au lit, finir peut-être le dernier roman de Jérôme Ferrari, éteindre la lumière. Tant mieux d'ailleurs puisqu'Antoine arrivera ce soir, comme hier et demain, dans une maison endormie.

Dans son deux pièces à Nanterre, Lila n'arrive pas à sombrer dans le sommeil. C'est dans les bras d'Antoine qu'elle voudrait se laisser aller mais il a disparu. Le député vient juste de faire irruption dans son poste de télévision. L'envie qu'a Lila de l'attraper a redoublé d'intensité. Avec une audace et une maîtrise remarquables, il a osé *flinguer* le projet de loi rendant toujours plus difficiles l'accès au droit d'asile et la régularisation des sans-papiers. Ses courts cheveux noirs en pagaille, Lila en reste ébahie. Depuis, le *sex-appeal* d'Antoine déchire son écran intérieur. En tee-shirt, un patch sous chaque œil pour faire dégonfler les grosses poches qui ne cessent de s'incruster sous ses yeux ébène en amande, elle a retrouvé l'attrait inouï de sa voix, cette saccade des mots qui lui est propre. Lila a même éprouvé un spasme de jalousie. Émilie Clark, dont elle est devenue proche à force de la croiser dans des manifestations ou des réunions publiques, resplendissait sur le plateau avec ses magnifiques cheveux roux frisés virevoltant au gré de ses embardées. Lila a toujours admiré la pugnacité et l'intransigeance de la députée du groupe Alliance rouge et verte, qui regroupe les parlementaires du Parti du progrès humain et du mouvement L'Écologie pour tou-te-s. Et si le charme avait opéré entre les deux opposants ? Non, c'est absurde, se ravise Lila, formelle sur la rectitude d'Émilie. Céder à un désir contrariant ses convictions, seule Lila en est capable, ou plutôt coupable.

Devant l'écran qui diffuse maintenant le journal de minuit, Lila est énervée, survoltée même. Elle envoie un message à Émilie pour la féliciter et lui demander comment elle a trouvé Antoine Polin. La députée lui répond illico : *Merci ! Étrange le pas de côté de ce salopard de Polin mais c'est toujours bon à prendre. Des bises*. Émilie reste Émilie. Malgré leur amitié, elle ne sera pas sa confidente – d'ailleurs, qui autour d'elle pourrait l'être ? Le secret de cette attirance lui donne un charme particulier. L'aspérité de l'interdit n'est pas pour lui déplaire.

Curieux de savoir ce qu'Antoine fabrique depuis tout ce temps sans un message de lui, Lila s'installe sur Twitter. Après sa réponse à Antoine – *Ok, dis-moi ce qui est possible pour toi. À vite* – à 17h12 lundi dernier, il y avait donc une semaine, elle est face à un mur de silence. Lila se poste sur le compte officiel d'Antoine Polin pour remonter le fil de ce qui l'a occupé au point de ne pas lui donner signe de vie.

Elle le trouve en photo à côté de personnes connues et inconnues, sourire toujours éclatant. J-6, elle le découvre dans l'hémicycle discourant sur la fiscalité, J-5 à l'inauguration d'une crèche à Rennes, J-4 dans une matinale à la radio pour parler de la préparation du budget de l'État, J-3 dans une réunion publique à Clermont-Ferrand, J-2 à un colloque sur l'avenir des retraites. Antoine a donné son avis sur toutes les polémiques de la semaine, mais n'a pas ouvert son agenda pour lui proposer un rendez-vous. Et maintenant, Antoine est l'objet de commentaires affluant sur toute la Toile, alternant des chapeaux bas et des critiques au vitriol. Lila n'est attirée que par les félicitations, comme si elle cherchait à se convaincre du caractère admirable de cet homme qui l'obsède.

Lila a toujours besoin d'un schéma d'analyse, fût-il bancal ou provisoire. Elle ne sait pas avancer à tâtons, il faut qu'elle se donne l'impression de dominer la situation. Quelques jours à se laisser porter par la vague, c'est le maximum qu'elle puisse s'autoriser. Alors elle admet une part de folie, s'autorise un écart, théorise son besoin de sortir des sentiers battus. Pour voir.

Après s'être assurée qu'Abel s'est bien endormi dans sa chambre, elle tapote sur son portable comme on lance une bouteille à la mer : *Tu n'avais pas besoin de moi sur l'immigration, mais je peux tenter de te convaincre sur les retraites. Autour d'un déjeuner, j'aurais peut-être ma chance… Lila Mentouri.* Envoyé.

À tout prendre, elle préfère agir et savoir à quoi s'en tenir que de supporter l'interminable attente. Pour éviter la déception s'il ne réplique pas à la minute et s'empêcher de répondre immédiatement s'il se manifeste, elle éteint son portable.

Jeanne n'est pas en avance mais elle n'est pas la dernière. Prune, qui préside « Balance Ton Député », l'association de collaboratrices chargée de lutter contre le sexisme à l'Assemblée nationale, est coincée dans une rame à l'arrêt sur la ligne 12. Installée au café Dauphine avec les sept jeunes femmes présentes pour leur réunion mensuelle, Jeanne commande une bière blanche – *Il fait soif.* D'emblée, comme à chaque fois, l'échange s'engage sur les derniers propos sexistes glanés au Palais-Bourbon. Jeanne, qui a hérité du féminisme de sa mère, ne se lasse pas de constater l'étendue des dégâts. Alors qu'Eugénie croit détenir la meilleure de la journée, Jeanne croise une nouvelle fois les doigts pour Antoine. C'est le député du Nord Thierry Bourdon qui lui a lancé : *Tu sais, c'est marrant mais je n'ai jamais couché avec une noire!* Les visages des jeunes collaboratrices s'affligent d'un même mouvement avant de s'illuminer car Eugénie ne s'est pas démontée : *C'est marrant, moi je n'ai jamais giflé un député !* Les filles éclatent de rire avant de reprendre leur sérieux.

Essoufflée mais enfin arrivée, Prune lance par une question le premier sujet à l'ordre du jour : *Comment va Aurélie Dubouchet ?* Cette assistante parlementaire de vingt-sept ans a été agressée sexuellement par Philippe Tardiol, comme l'ont appris les filles à la dernière réunion. Collaboratrice d'un discret député des Deux-Sèvres durant deux ans et demi, elle a été recrutée il y a six mois par le président du groupe Énergie et Liberté. Mais depuis trois semaines, Aurélie est en arrêt maladie. Les faits se sont produits lors d'une réception dans les jardins de la présidence. Alors que la majorité des convives avaient quitté les lieux, Philippe Tardiol a emmené son assistante dans un petit salon ouvert de l'Hôtel de Lassay, la résidence du président de l'Assemblée, au prétexte de vouloir discuter au calme. Le député a aussitôt posé ses mains sur ses seins, l'a plaquée au mur et l'a sauvagement embrassée. En état de sidération, la jeune assistante n'a pas hurlé, ne l'a pas repoussé, elle a subi. C'est un groupe de collaborateurs bien éméchés et bruyants qui, arrivant dans la pièce, a stoppé net le député. Troublé dans son élan, Philippe Tardiol a détourné le regard d'Aurélie Dubouchet qui s'est immédiatement échappée en courant. Depuis, elle n'est pas revenue à l'Assemblée.

Prostrée chez elle, ce n'est que dix jours après les faits que la jeune femme a appelé Mathilde, l'une des animatrices de « Balance Ton Député ». Les deux assistantes se connaissaient pour s'être fréquentées à la commission des lois dans laquelle siégeait leur député. Si elle s'est confiée à Mathilde, Aurélie n'a pas porté plainte. Elle est sous le choc et redoute une affaire publique qu'elle n'a pas la force d'affronter, pour le moment en tout cas. Le récit des journalistes, la réplique de Philippe Tardiol qui niera les faits, la marque indélébile à endosser... Non, elle n'est pas prête. Et que sa première apparition dans les médias soit liée à une plainte pour agression sexuelle, ce n'est vraiment pas l'idée qu'elle se faisait d'une entrée dans la vie publique. Aurélie est à terre. Sa vie se situe quelque part entre les documentaires animaliers qu'elle regarde en continu et les toilettes dans lesquels elle rejette presque tout ce qu'elle avale. Si elle doit consacrer son énergie à quelque chose, c'est à refaire surface. C'est ainsi que Mathilde rapporte à ses collègues l'état d'esprit de la jeune femme qu'elle a trouvée recluse et apeurée.

Une nouvelle fois, le débat entre les militantes de l'association anti-sexiste porte sur l'hypothèse de parler pour elle. Taire ce qui s'est passé est insupportable mais peut-on s'exprimer à la place des victimes ? *Le serpent se mord la queue*, conclut Jeanne. Acquiescement général. Prune fait tout de même remarquer que l'expression est curieusement choisie. Certes. Un silence s'installe. Ce malaise, l'équipe associative a déjà dû l'affronter à plusieurs reprises. Elles se remémorent le cas de Véronique Boyard, violée par un député lors d'un séminaire de groupe en Mayenne – quelques mois plus tard, elle a démissionné, personne ne l'a jamais revue –, d'Esther Sadoun, harcelée sexuellement par un jeune parlementaire de Moselle qu'elle a quitté sans bruit pour devenir collaboratrice d'une députée – *C'est plus sûr...* –, ou encore d'Éva Juliveau, sommée de masser de façon érotique « son » député les soirs de séance de nuit jusqu'à ce qu'elle réussisse un concours au Quai d'Orsay, manière de tourner la page. Aucune des trois n'a porté plainte, il n'y a jamais eu moyen de rendre justice. Les collaboratrices s'en désolent une nouvelle fois mais elles connaissent par cœur ces processus qui façonnent le silence, cette incapacité à saisir la justice, cette impunité qui continue de régner. Elles n'ont de cesse de les relever, de les étudier, de les dénoncer.

La réunion enchaîne sur la préparation de leur prochaine action qui vise à recueillir, de façon anonyme, un maximum de témoignages de propos sexistes, de cas de harcèlement et d'agression sexuelle pour créer l'événement en partant des réseaux sociaux. Les vacances approchent, il faut se répartir les tâches. Jeanne est chargée d'illustrer les citations recueillies. Elle a toujours eu un coup de crayon précis et ravageur que sa professeure d'arts plastiques au collège Les Loges de Nevers avait qualifié de *rare et prometteur*. Jeanne commence à dessiner sur la nappe puis rature nerveusement. Son personnage ressemble à Antoine, et ce n'est pas du tout ce qu'elle voulait croquer.

Estelle a posé un jour de RTT qui démarre, comme à chaque fois, par une heure chez le coiffeur à se faire masser le crâne et assagir ses cheveux qui ondulent si l'on ne les discipline pas. Elle aime ce temps suspendu, juste pour elle, loin des dossiers juridiques, des relations avec les clients, des remarques acerbes de son supérieur hiérarchique au cabinet d'expertise en art contemporain « Fumard & associés ». En semaine à la première heure, Estelle apprécie le silence du salon. Ce n'est pas suffisant pour la mettre à l'équilibre mais ce n'est pas rien. Confortablement installée dans un peignoir, elle ne voit à travers le miroir que son visage, ce qu'elle sait posséder désormais de plus beau, de plus harmonieux. Une bouche pulpeuse avec de belles dents blanches, de grands yeux bleu acier, des pommettes hautes, une peau lisse et souple qui a le bon goût de retarder l'apparition des rides. L'instant d'un brushing, Estelle prend une bouffée de réassurance.

De retour à la maison à 10h15, en posant machinalement ses clés sur la console dans l'entrée, son regard tombe sur le portable de son mari. Étonnée, elle lance à voix haute *Antoine ?*. Pas de réponse. Estelle saisit l'objet qui affiche un message provenant d'une certaine Jeanne : *J'étais sûre que ce petit haut blanc à boutons vous plairait…* Estelle repose le téléphone en se disant qu'elle aurait juste préféré n'avoir rien vu, elle était pour une fois si détendue.

Une tartine à la main, la tasse de café dans l'autre et le portable en évidence sur le coin de la table, Lila sort doucement de la torpeur d'une nuit agitée. Son cauchemar la hante comme si une obsession la poursuivait dans les couloirs de son inconscient. Sur une plage de galets déserte, Lila se trouvait éblouie par un soleil rasant. Peinant à ouvrir les yeux, elle cherchait désespérément des lunettes dans son sac quand un chameau visiblement excité a déboulé dans sa direction. Elle s'est réveillée en sursaut, il devait être quatre heures du matin, elle a mis deux heures à se rendormir. Lila n'est donc pas très fraîche au réveil, ce qu'Abel ne manque pas de souligner : *Allô, maman, tu m'écoutes???*, lance-t-il après avoir demandé à trois reprises si elle avait racheté du jus d'orange. Non, désolée, elle n'a pas entendu, elle n'a pas non plus fait les courses. Lila s'excuse mollement, elle est dans ses pensées, voilà tout. Quelque part dans le désert.

C'est le mouvement du téléphone qui semble la ramener sur terre. Deux vibrations. C'est lui, c'est sûr. *Pas trop tôt*, se dit-elle en se précipitant sur l'objet, prenant son désir pour la réalité. Mais ce n'est qu'Orange conso qui lui indique qu'elle a atteint 80 % de son forfait 4G. Misère. Lila sent vaciller ce fond de confiance en elle qui la tient toujours de façon intermittente. Depuis le colloque à Bordeaux, elle s'est enveloppée dans ce confort intérieur, la certitude d'avoir séduit, mais elle sait bien que cette force et cette légèreté peuvent s'évanouir au premier signal contrariant.

Lila prend sa douche avec une certaine fébrilité. En lavant son sexe, elle se demande depuis combien de siècles elle n'est pas allée chez une esthéticienne pour le sortir de la forêt vierge. C'est alors que tous ses échecs sentimentaux s'enchaînent dans sa tête. Ludovic, ce salaud, qui couchait avec sa meilleure amie à l'époque. Sébastien, ce prétentieux, qui sut l'allumer pendant des mois sans jamais conclure. Seid, ce lâche, qui prit la fuite quelques mois après la naissance d'Abel. Lila aurait pu penser à Olivier qu'elle avait laissé tomber du jour au lendemain après deux ans de vie commune sans ombre notable, à Samuel qu'elle avait quitté par sms alors qu'ils s'apprêtaient à signer ensemble une location d'appartement ou encore à Cédric qu'elle avait dragué de toutes ses forces pendant deux semaines de vacances avec des amis en Ardèche sans jamais donner suite de retour à Paris. Mais non, elle ne songe alors qu'à ceux qui l'ont déçue, éconduite, abandonnée. Elle en a sa claque de ces *nases*. Et maintenant, *un bellâtre se prenant pour le futur président de la République* va lui pourrir la vie ?

Sèche, Lila enfile une chemise dans les tons gris et un pantalon noir, comme si elle se préparait pour un enterrement. Elle est d'une humeur de chien. Abel claque la porte, avec la rigueur qui le caractérise pour ne pas accuser une seconde de retard à l'école. Lila s'affole de l'heure qui a tourné. Elle attrape son sac à main plein à craquer et appuie sur le bouton de l'ascenseur. Sur le palier, elle se rend compte qu'elle a oublié son maudit portable… Excédée, elle retourne dans la cuisine où ces mots d'Antoine s'affichent tranquillement : *Aucun doute, je serai plus convaincant en tête à tête. Déjeuner jeudi 7 ?*

Il lui reste dix jours pour trouver un rendez-vous chez l'esthéticienne.

La clé dans la porte. Estelle a beau être au lit, son oreille est fine. Antoine va faire son apparition. Estelle sent une petite accélération dans sa poitrine, rien de grave mais le cœur se manifeste. Elle a beau avoir ruminé toute la soirée, elle ne sait même pas comment elle va tenter de confondre son mari.

Estelle avait cessé de surveiller Antoine, elle redoute de devoir recommencer. La première fois qu'elle l'avait fliqué, ce fut un désastre. Elle avait découvert un autre Antoine. Il faut dire que son mari appartient à cette catégorie d'hommes qui embellissent en vieillissant. Jeune, il n'avait rien du grand séducteur, avec ses joues épaisses, ses lunettes surplombantes et son style d'un autre âge. Il n'était pas sans charme mais les femmes ne se retournaient vraiment pas sur son passage. Depuis, ses traits se sont affinés, son corps s'est aiguisé avec les séances de squash, sa tenue vestimentaire a gagné en modernité. Et Antoine est passé aux lentilles. Estelle sait néanmoins que la raison principale est ailleurs : son capital de séduction a flambé avec le pouvoir conquis. Estelle avait mis du temps à percevoir le glissement du jeune studieux, un peu timide, déterminé dans l'expression de son désir de couple fidèle et de famille soudée pour la vie, vers cet homme à l'ego en quête perpétuelle de glorification, davantage porté sur l'extérieur et guidé par un goût irrépressible pour le dépassement et le risque.

Après quelques suspicions, Estelle avait découvert le pot aux roses : Antoine avait une maîtresse, plus jeune qu'elle, plus belle qu'elle – *la salope*. Estelle en avait perdu ses nerfs, brisant un soir deux bougeoirs en verre de Murano. Elle fut muette auprès d'Antoine pendant deux semaines. Il en fallut ensuite du temps pour les explications, les pleurs, les suppliques. Pour remonter la pente. Estelle n'avait pas crié, ni menacé, elle se laissait sombrer, laissant Antoine venir à sa rescousse. Elle avait obtenu gain de cause. C'est lui qui avait imploré d'être pardonné, redoublé de promesses d'amour éternel. Il plaidait sa cause, leur rencontre à un si jeune âge, *la tentation imbécile, le besoin de se prouver je-ne-sais-quoi*. Il revint un soir les mains pleines de roses rouges, le lendemain avec un collier en perles d'hématite, le surlendemain avec une réservation pour un week-end à Capri. Elle faisait la fine bouche, trouvait son mari vraiment peu original dans ses idées surprises pour recoller les morceaux, mais elle emmagasinait. Estelle avait gardé Antoine qui avait juré qu'on ne l'y reprendrait plus. D'ailleurs, la condition fut clairement posée et obtenue : Antoine donnerait tous ses codes de portable et d'accès aux mails. À tout instant, Estelle devrait pouvoir juger sur pièce la parole donnée. Son sens de la méthode avait encore frappé.

Elle sortit de la crise avec un sentiment de victoire. Oui, une forme de fierté avait chassé l'humiliation. Elle avait ravalé son amertume, sa colère froide, sa blessure. Après l'avoir surveillé pendant des mois, elle avait abandonné ses poursuites, son mari se tenant visiblement à carreau. La tempête passée, Estelle s'était convaincue que l'espionnage était un puits sans fond, un stress permanent, un risque aussi de découvrir ce qu'il était parfois plus prudent de ne pas savoir. Pourquoi était-elle devenue si sage ? Elle s'était persuadée qu'elle n'avait pas besoin de le surprendre ni de le confondre pour savoir que son mari attirait désormais les femmes comme une ruche les abeilles. Antoine avait changé, c'était évident. Mais Estelle se rassurait, son mari lui revenait toujours. N'était-ce pas l'essentiel ? Antoine lui appartenait. Sans vraiment se l'avouer, ou plutôt l'assumer, elle avait investi un rôle, celui de la reine des abeilles. Elle était la première, elle était celle qui évinçait toutes les autres. Cette pensée gonflait son orgueil.

Quand Antoine pousse la porte de la chambre, il est concentré sur lui-même : *Samy m'a collé un petit déjeuner de travail dès 7h30 demain, ça me tue... Tu sais que j'ai planté ce midi un responsable associatif parce qu'il fallait que je repasse ici, j'avais oublié mon portable... la galère...* Estelle tente : *Tu sais que je me suis acheté un haut blanc à boutons?* Antoine enchaîne avec un naturel déconcertant : *Ah oui? Je suis sûr qu'il te va très bien... Tu n'as pas vu ma nouvelle cravate bleue? Impossible de remettre la main dessus, je l'ai cherchée ce matin...* Estelle reste impassible, Antoine s'arrête : *Ça va ma chérie?* Elle est démunie.

L'ombre de Jeanne plane dans leur chambre, Estelle ne sait qu'en faire. La jalousie se trouve recouverte d'une couche de déception et de fatigue. Estelle se tourne sur le côté et cale son coussin en respirant profondément. Alors qu'Antoine enlève ses lentilles, Estelle s'endort. La fuite dans le sommeil lui va très bien.

Jeanne est perchée en haut à droite de l'hémicycle, à l'emplacement dédié aux collaborateurs. Elle a préparé une intervention pour Gaël Sernan, député du groupe Gauche moderne et démocratique pour lequel elle travaille. Jeanne croise les doigts en espérant qu'il ne la massacre pas – l'intervention. Elle a soigné les formules, déniché les chiffres clés, chuté sur une belle citation de Camus, et tous ces efforts pourraient être réduits à néant si Gaël bute sur les mots et reste le nez collé dans ses papiers. Jeanne ne veut pas médire par avance, elle attend patiemment. De loin, Gaël a l'air serein, pour ne pas dire sûr de lui, d'un genre masculin pense tout simplement Jeanne. Elle ne l'avait pas vraiment choisi en sortant de son Master 2 de communication politique puisqu'elle avait envoyé son CV à tous les députés de gauche, sans distinction. Elle lui savait gré de l'avoir embauchée et elle appréciait sa droiture autant que sa bonhomie.

Sur le tableau de l'ordre du jour, le nom d'Antoine Polin s'affiche. Il n'est pas encore là, seule une quinzaine de députés sont présents, comme souvent pour cette séance du lundi après-midi. Jeanne sort son baume à lèvres naturel, couleur prune, et l'appose lascivement sur ses lèvres fines, en balançant d'un coup sec ses longs cheveux. Elle est prête. En attendant Gaël et plus encore Antoine, elle déroule le fil d'actualité sur son portable. Un violent incendie vient de ravager 700 hectares en Corse, le président de la République a lancé *Apprenez déjà à lire !* à des femmes de chambre en grève dans un grand hôtel parisien et les entreprises françaises du CAC 40 viennent de remporter un nouveau record de versement de dividendes. Rien de neuf, soupire Jeanne, qui rêve de transformer du sol au plafond ce monde qui tourne à l'envers. Et pour y arriver, ou en tout cas y tendre, elle ne voit pas d'autre méthode que la prise du pouvoir institutionnel. La jeune collaboratrice s'interroge un instant sur ce décalage entre son engagement au service d'une gauche modérée et le degré de ruptures auquel elle aspire mais elle finit, comme toujours, par ne voir aucune autre solution pour construire des majorités capables de changer le pays. En matière de contestation radicale, son père leader syndicaliste dans une grande entreprise de fret avait donné. Jeanne en avait très tôt déploré les limites, marquée dans son enfance par le souvenir de cinq semaines de grève qui n'avaient débouché sur presque rien, même pas sur le remboursement des jours chômés.

Le ministre a l'air de somnoler quand Antoine arrive dans l'hémicycle. Le député met une dizaine de minutes à apercevoir Jeanne à laquelle il envoie par sms un *Coucou, ça va ?* avant de se replonger dans ses notes. Jeanne déteste ses « coucou », elle se sent aussitôt remisée au rang de la copine sympa dont on a oublié de prendre des nouvelles. Se sentant partout chez lui, le coucou est connu pour pondre ses œufs dans le nid d'autres oiseaux. Jeanne cherche sur Wikipédia l'origine du mot : « Le terme "coucou" est une onomatopée issue du chant du coucou gris. (...) Le cri et le comportement de cet oiseau sont à l'origine du mot cocu. Le "o" de Cocu est probablement une inflexion des mots formés sur coq. » Ce coucou signe le mâle dominant, tranche Jeanne qui répond pourtant à Antoine en toute simplicité *Oui et toi ?* Elle ne devrait recevoir aucune réponse avant quelques heures voire plusieurs jours. C'est comme ça avec lui, et Jeanne a décidé de s'y faire – elle ne mène que les batailles qu'elle peut gagner.

Gaël monte à la tribune. Entendre ses phrases à elle dans sa bouche à lui est toujours un moment étrange. La lecture est poussive mais il ne mange aucun mot. Gaël a même levé la tête pour la conclusion, c'est plutôt réussi pour cette fois. Tout le monde s'attelle néanmoins à autre chose, le ministre auquel le propos s'adresse plus particulièrement ne semble pas avoir tendu une oreille. Il bâille, elle l'a vu. Il a le nez dans son portable, c'est net. La vacuité de ces heures de débat dans ce haut lieu prétendu de la démocratie atterre brièvement Jeanne, puis elle envoie un message plein de smileys à Gaël, façon de dire bravo, manière d'être bien élevée, à son poste.

Avant de faire un tour à la buvette, elle attend le discours d'Antoine. Sans aucun doute, l'éloquence de Gaël n'arrive pas à sa cheville. Antoine a l'assurance de ceux qui sont habitués à se situer au-dessus de la mêlée. D'ailleurs, Jeanne remarque les bustes qui se redressent, les oreilles qui se tendent. Même le ministre a lâché son portable et attrapé un stylo, c'est dire si Antoine est un député qui compte. À plusieurs reprises, il donne un coup franc de la tête puis relève d'une main la mèche un peu longue qui descend sur ses yeux. Ce geste accompagne habilement les césures dans son texte, Jeanne n'en perçoit que la sensualité. D'un coup, Antoine s'échappe de son discours écrit en regardant l'hémicycle droit dans les yeux pour prendre ses collègues à témoin et surtout retenir leur attention. À l'appui de sa démonstration parfaitement agencée, il égrène des chiffres connus par cœur. Jeanne est sous le charme de son aisance et de son aplomb, de la tonicité de son corps et de sa voix toujours aussi joliment cassée. Juste avant sa conclusion, Jeanne se remémore Antoine nu sur une chaise dans son studio, dissertant sur son sexe, visiblement l'une de ses fiertés.

En descendant pour se rapprocher du traditionnel orange/pamplemousse pressés qui l'attend à la buvette, Jeanne croise Antoine dans l'antichambre de l'hémicycle. Buste en avant, le député lui lance : *J'ai été bon, non ?* Jeanne minaude avant de tourner les talons, consciente de la règle de base : ne pas être à disposition à tout instant.

Estelle profite de son samedi sans Antoine pour faire la tournée des boutiques. Les filles n'ont pas voulu sortir, alors comme souvent, Estelle se balade seule dans le quartier du Marais. Consommer la détend. Oui, quand elle a dépensé, que la marchandise est dans le sac, une pulsion s'est assouvie. Laquelle ? Estelle n'en sait rien au juste mais elle a remarqué combien faire chauffer la carte bleue soulageait sa déprime. Elle se sent toujours mieux après qu'avant. Estelle a pris bonne note des requêtes de Victoire – *Maman, tu peux me trouver un* crop top *jaune ?* – et de Jade – *Tu ramènes des chouquettes, steup ?* Elle a aussi en tête ce qui manque dans la cuisine – il faut de nouvelles spatules en bois et des serviettes de table en papier. Si elle trouve un broc d'eau pour remplacer celui qu'elle avait acheté dans un vide-greniers à Rennes, ce ne serait pas du luxe. Et des caleçons pour Antoine.

Mais aujourd'hui, Estelle a surtout l'intention de s'offrir un petit haut blanc à boutons. Elle a même décidé de commencer par là. Elle pousse la porte d'une enseigne chic rue des Blancs-Manteaux. Quel est l'âge de Jeanne ? Elle fait défiler les vêtements un à un sur le premier portique. Jeanne doit avoir entre trente et quarante ans. Elle s'arrête sur une chemise blanche très classique à boutons dorés. Jeanne a-t-elle des petits seins comme elle ou une poitrine généreuse ? Elle repose la chemise qu'elle juge trop ordinaire. Jeanne doit être toute mince et porter du 36 ou du 38 quand elle, elle s'habille en 42 – et c'est forcément à son désavantage car on ne lui enlèvera pas de l'idée que les hommes ne préfèrent pas les grosses. Estelle tombe sur un élégant petit haut avec de la dentelle mais il n'y a pas de boutons, elle passe. Elle sent monter des larmes qu'elle refrène avec succès. Estelle sort bredouille. Elle marche à pas lents, le regard dans le vide, son corps se dirige mécaniquement vers un deuxième magasin qu'elle fréquente souvent, de ceux qui exposent différentes marques tendance et diffusent un entêtant parfum d'ambiance. La vendeuse la salue avec chaleur. Estelle répète une nouvelle fois qu'elle cherche *un petit haut blanc à boutons*. La vendeuse va lui chercher trois modèles et l'invite dans la cabine d'essayage. Estelle ferme le rideau, les lumières sont ravageuses, elle tourne le dos au miroir. Estelle a toujours mille stratégies pour éviter autant que possible de se refléter dans une glace. Elle enlève son gilet puis son tee-shirt pour enfiler le premier haut, une chemise en soie, plutôt échancrée. Elle sort, se regarde rapidement dans le miroir, fait la moue. Elle essaie le suivant, un chemisier en lin avec trois boutons fixes en nacre. Sortie de la cabine, même expression désabusée. Dernière chance : un haut en coton bio, coupé droit, avec des boutons à pression dans le dos. Le résultat n'est pas plus probant. Estelle compte sur la vendeuse, elle se repose toujours sur l'avis de la vendeuse pour se décider : *Franchement, les trois vous vont très bien. J'ai une petite préférence pour le dernier qui vous met davantage en valeur mais le modèle en soie est indémodable, vous serez ravie de l'avoir dans votre garde-ro*be. Le propos est tellement rodé qu'on dirait un fond sonore préenregistré, se dit Estelle en réalisant, même si ce n'est pas la première fois, à quel point elle ne s'aime pas physiquement – s'est-elle jamais aimée ? Elle prendra quand même les deux hauts recommandés, en sachant qu'elle portera plus facilement celui qui fait l'impasse sur le décolleté. *Quand on n'a pas de seins, que le peu qu'il en reste est avachi, pas la peine de tabler sur l'effet de l'échancrure*, se dit Estelle, avec assurance cette fois.

En sortant du magasin, elle reçoit un message d'Antoine, qui est dans sa circonscription à Rennes : *Je crois que je vais rentrer dès ce soir finalement, j'ai une réunion qui vient de se caler demain à Paris.* Estelle enregistre la nouvelle sans réussir à s'en réjouir.

Dernier album de Christine and the Queens à fond dans ses oreillettes, Jeanne est en chemin vers l'Assemblée quand s'affiche, sur la boucle Telegram de BalanceTonDéputé, un lien vers un article mettant en cause Pascal Drevon, inconnu au bataillon – 577 élu.e.s au Palais-Bourbon, impossible de tous les connaître. L'enquête vient de paraître dans *Éclairs*, un média réputé pour son travail exigeant en matière d'investigation. En marchant du métro à son bureau, Jeanne la lit d'une traite, en apnée. L'affaire lui paraît aussi sordide qu'explosive.

En instance de divorce, Pascal Drevon est placé sous le joug d'une interdiction de s'approcher du domicile conjugal en raison des accusations de harcèlement psychologique portées par son épouse. Or la journaliste rapporte que le député du groupe Énergie et Liberté enfreint l'ordonnance de protection visant à protéger des femmes en danger. Pascal Drevon a installé sa permanence parlementaire au pied de l'immeuble de son ex-femme. Menaces verbales, tags sur la boîte aux lettres, vols de poubelles... La journaliste décrit le climat de terreur dans lequel l'épouse du député des Alpes-Maritime, Inès Drevon, se débat avec sa fille de sept ans et son fils de trois ans. Le danger qu'il représente pour son ex-femme et ses enfants est qualifié par le juge de « vraisemblable ». Pascal Drevon a fait appel de la décision mais l'ordonnance émise par le juge aux affaires familiales n'est pas suspensive, comme l'a prévu le législateur. L'article d'*Éclairs* précise que le député a signé une proposition de loi contre les violences conjugales alourdissant les peines en cas de harcèlement moral dans le cadre conjugal. L'illustration choisie par le média est tout aussi révélatrice : elle montre Drevon en photo dans une classe de seconde où il intervient sur l'égalité entre les hommes et les femmes. Écœurée, Jeanne ajoute ses mots à tous les messages effrayés, consternés, révoltés qui s'accumulent déjà sur le fil Telegram.

Arrivée dans la petite pièce de travail où se chevauchent trois bureaux, sous les combles du bâtiment historique de l'Assemblée, Jeanne enfourne une dosette de café corsé dans la machine et raconte ce qu'elle vient de lire à son collègue Rémy. Concentré sur la rédaction de courriers aux administrés, il l'écoute distraitement. Rémy grommelle quelques interjections sans grande conviction, peinant à décoller son attention de l'ordinateur. Jeanne lui expose son inquiétude, plaide la cause des femmes, s'interroge à voix haute sur la façon dont l'institution va réagir devant ces faits inacceptables. Rémy lève le nez : *T'as raison, c'est flippant cette histoire.*

Alors qu'elle émet l'hypothèse d'une sanction des instances officielles de l'Assemblée, Gaël Sernan ouvre la porte du bureau d'un geste franc. Le député salue chaleureusement ses collaborateurs et les informe qu'il a une idée. Jeanne et Rémy arrêtent toute activité sur-le-champ, prennent un papier et un stylo pour se mettre à son écoute. Quand le député a une nouvelle obsession, on ne l'interrompt pas, on se met à son service. Pour Jeanne qui n'ose stopper son mouvement en lui montrant l'article sur Pascal Drevon, *c'est le minimum quand on travaille pour un élu.* Elle a par ailleurs tendance à dissocier son activité professionnelle de son engagement : s'ils se jouent au même endroit, ils fonctionnent comme deux espaces disjoints cohabitant dans sa tête. Gaël s'installe de tout son poids sur une chaise pliante en plastique transparent, attrape le journal livré le matin pour survoler les titres puis se lance. Le député du Val-de-Marne veut entamer une tournée de sa circonscription en donnant rendez-vous aux habitants dans des cafés. Sernan a soixante-deux ans, c'est son troisième mandat mais il n'a encore jamais eu l'idée de tenir ainsi sa permanence hors les murs. Les temps sont durs, les relations avec la population ne sont plus ce qu'elles étaient, il faut aller à sa rencontre. Gaël a commencé à dresser une liste de *bistrots sympas* qui pourraient l'accueillir. Il charge Rémy de les appeler et Jeanne doit penser la prochaine lettre du député dans laquelle une présentation *efficace et moderne* de son tour de circonscription sera mise en avant. Gaël est d'une humeur joyeuse, la nuit lui a porté conseil, son plan va mettre un coup à ses adversaires sur le terrain. Il se frotte les mains puis pose son bras dans le dos de Jeanne – *Ça va ma petite ?* – avant de renfiler sa veste pour aller prendre son café à la buvette.

La porte refermée, Jeanne émet un son, un souffle mais Rémy n'y prête aucune attention. Rémy n'est pas un collègue causant, son profil est plutôt sérieux, réservé. Grand et sec, imperturbablement en costume sombre sans cravate, il brille par ses pointes d'ironie grinçante pour lesquelles Jeanne est l'un de ses meilleurs publics. Elle ne connaît presque rien de sa vie privée mais depuis deux ans qu'ils turbinent ensemble, elle n'a décelé chez lui aucun signe de misogynie, ne l'a jamais pris en défaut sur le plan professionnel, a toujours pu compter sur sa solidarité quand elle avait une panne de réveil. Là, elle aurait juste aimé que son collègue soit de l'autre sexe, persuadée qu'une femme aurait réagi vertement aux faits révélés sur Pascal Drevon. Rien n'est moins sûr, Jeanne le sait bien, mais ce matin elle voudrait y croire.

Quand Lila pousse la porte de l'esthéticienne, une angoisse la saisit à la simple idée de se voir dans les yeux de la professionnelle. Dans l'attente fébrile du Jour J, de cet homme dont le souvenir lui apparaît d'une rare puissance, Lila regarde son corps comme si elle ne l'avait pas vu depuis des années. Elle se sent subitement lourde, moche, vieille. Lila n'est pourtant pas de celles qui se scrutent et cherchent les secrets de l'embellissement standard. Elle est plutôt de ces femmes qui ont souvent dû s'arranger avec leur beauté, pour ce qu'elle attire de jalousie et de grivoiserie, de celles qui se rendent compte de leurs premières rides quand arrivent les secondes. Seins en pomme, encore fermes, hanches étroites, jambes fuselées, Lila sait qu'elle n'a pas à se plaindre. Mais le pouvoir d'attraction, le rayonnement, le conformisme présupposé d'Antoine Polin font flancher sa perception d'elle-même.

Allongée dans la cabine d'épilation, Lila tombe nez à nez avec la peau d'orange qui recouvre le haut de ses cuisses, elle ne voit même que ça. L'heure est au bilan. Elle s'en veut de ne pas réussir à courir toutes les semaines comme elle se l'était juré en septembre dernier encore. Sortie de ses livres, de ses élèves, de son fils, de ses articles, de ses réunions, de ses combats, elle se trouve dans ce salon de beauté face à ce physique qu'elle a négligé, comme si tout était dans la tête. Au moment où son désir se réveille, Lila se prend à douter, à se comparer aux autres corps qu'Antoine a dû caresser, à ceux qui le font fantasmer et pourraient la concurrencer. Elle est rattrapée par la norme du désirable.

À la vue de la cire chaude, Lila pressent l'épreuve. Elle en a davantage l'habitude sur ses jambes, qu'elle épile régulièrement elle-même avec un pot de cire au monoï passé au micro-ondes. La sensation près du sexe, c'est différent. L'employée à la douceur toute commerciale l'interroge sur la forme de maillot qu'elle a choisi. Lila ne sait pas répondre, elle en a presque honte, comme si elle n'était pas une femme *normale*, qu'elle aspirait subitement à le devenir. Lila temporise en demandant les différentes possibilités qui s'offrent à elle. Échancré, brésilien, ticket de métro, intégral. Alors qu'elle hésite, Lila opte d'un ton décidé pour le brésilien.

La jeune femme tourne une spatule dans un pot chauffant, la ressort couverte de cire. Avec délicatesse et concentration, elle pose la matière sur le bas du ventre de Lila puis badigeonne l'entrejambe avant d'attaquer le bord des lèvres qui entourent l'entrée du vagin. L'esthéticienne recouvre d'une bande de papier. Après un court temps de séchage, elle tapote pour s'assurer que la cire chaude a bien pris avant d'arracher la bande. Lila tressaute en riant nerveusement. On ne lui enlèvera pas de l'idée que c'est une pratique un peu barbare, cette histoire d'épilation. Ce qui la tient, c'est l'intuition qu'Antoine aime les femmes au pubis bien rangé. Elle est concentrée sur son désir à lui. Une pensée pour la femme s'occupant du contour de son sexe la traverse. Que peut-elle ressentir de cette intimité imposée ? Quelle est sa vie ? À quoi rêve-t-elle ? Lila culpabilise une fraction de seconde avant de replonger tête baissée dans ses rêveries avec Antoine.

Elle ferme les yeux et imagine son entrée dans le restaurant. Elle aura mis sa robe noire en stretch qui souligne ses formes, un peu plus de rimmel que d'habitude. Sa veste en jean marquera son originalité face à Antoine, qu'elle imagine passant sa vie avec des femmes en tailleur. Son sac à l'épaule, elle tiendra un dossier dans ses mains, comme si elle était entre deux rendez-vous. Il faudra aussi qu'elle arrive après lui, ce serait mieux.

Un peu de talc pour calmer les rougeurs et Lila repart avec la sensation d'avoir fait peau neuve. Elle monte sur son vélo, direction place de la République pour une manifestation en défense du climat. Alors qu'elle pédale, le frottement sur son pubis fraîchement épilé lui procure une sensation de brûlure et pourtant, Lila se sent légère, aérienne. Personne ne peut évidemment percevoir ce qui a changé mais elle, elle sait que ce n'est pas tout à fait pareil qu'un quart d'heure plus tôt. Ce qui s'est modifié est à la fois infime et décisif : Lila s'est préparée à ce premier rendez-vous avec Antoine Polin.

Ce dimanche après-midi, Estelle s'est enfermée dans les toilettes avec le portable d'Antoine, occupé à chercher des romans dans la bibliothèque pour Victoire qui adore lire encore et encore. Estelle a subtilisé l'appareil que son mari avait laissé sur la table de la cuisine. Elle doit faire au plus vite mais elle a bien l'intention de prendre le temps d'éplucher les sms. C'est comme une démangeaison, elle ne peut pas faire autrement que de gratter. Une fois n'est pas coutume, Estelle ferme le verrou pour assurer sa tranquillité. Après avoir tapé le code 2543 en se félicitant qu'il fonctionne toujours – Antoine a tenu parole –, elle entre le mot-clé « Jeanne » dans le moteur de recherche et tombe directement sur le sms du petit haut blanc à boutons, auquel Antoine a répondu : *Oui, beaucoup aimé!* Puis plus rien. Elle remonte le fil de leurs conversations, rien d'équivoque. À des dates très éloignées, les échanges apparaissent télégraphiques, sans saveur particulière. Estelle enquête sur les autres femmes avec lesquelles son mari a conversé. Il y en a peu, s'étonne-t-elle, comme si toutes les discussions politiques qui s'étendent en longueur et en largeur sur le portable d'Antoine se jouaient dans une cour non mixte. Estelle en avait conscience mais elle est troublée de le constater ainsi.

Alors qu'elle passe les Samy, Benjamin et autres Patrick, la poignée de la porte des toilettes s'agite. Estelle engage un mouvement de repli, cachant le portable dans son pantalon. Jade lance : *Qui s'est enfermé là ? Moi*, réplique Estelle qui entend les pas de Jade s'éloigner rageusement. Elle ressort le téléphone, crispée, fouille encore et s'arrête sur ce message d'une certaine Vanessa : *Faisons comme d'hab, rdv au Bourbon*. Qui est cette Vanessa ? Forcément une collègue puisqu'elle donne rendez-vous au QG de l'Assemblée. Elle n'en a jamais entendu parler. Antoine a répondu avec un émoticône, le pouce levé. Puis plus rien. Vient le tour de Sandrine. Une litanie de textos en commission des finances visiblement. Estelle guette un mot ambigu qui ne vient pas. Ce sont maintenant les conversations avec Juliette qu'elle scrute – *Non, quand même pas Juliette*, cette amie commune qui vient parfois dîner à la maison avec son mari Anton. Rien de suspect non plus.

À nouveau, la poignée des toilettes virevolte avec fermeté, assorti d'un agressif *Mais t'es encore là, sérieux ?* Estelle se jette sur le papier toilette – *Je sors !* Elle est bien obligée de laisser l'objet de la discorde. De toute façon, elle a fait chou blanc. Elle tire la chasse d'eau.

Estelle se dirige vers la cuisine pour reposer le téléphone à sa place, avec précision, à deux ou trois centimètres du bol de lait chocolaté que Jade a laissé traîner. Elle sent de légers tremblements la parcourir, comme quand elle était enfant, qu'elle avait fait une grosse bêtise et redoutait de se faire attraper. Elle se met à échafauder de nouvelles hypothèses. Et si ce petit haut blanc n'était qu'une blague, à laquelle elle ne comprend rien mais qui ne relèverait pas d'une relation sexuelle ou sentimentale ? Une référence à une discussion, une allusion plutôt qu'une opération de séduction ? Dans ce cas, le vouvoiement de ce message – que ce petit haut *vous* plairait et non *te* plairait – pourrait indiquer que la blague est collective, faisant suite à une brève de comptoir, à la buvette ou ailleurs. Et si son mari était finalement fidèle, trop concentré sur son ambition politique pour se perdre en relations adultérines qui exigent de l'organisation et du temps, tout ce dont Antoine manque. Estelle déroule l'épisode dans un autre sens et constate que c'est tout aussi plausible. Il faut juste décider à quel scénario se vouer.

Revenue dans le salon, Estelle observe Antoine, volubile et concentré, présentant à sa fille quelques grandes œuvres qui ont compté pour lui, *Le Dernier*

Jour d'un condamné de Victor Hugo – *d'une grande modernité ce plaidoyer contre la peine de mort* – , *La Promesse de l'aube* de Romain Gary – *j'avais lu ça en prépa, dans mon souvenir ça pose des questions essentielles sur la liberté de choix dans la vie...* – , ou Céline, *Voyage au bout de la nuit* – *bien sûr, il faut se détacher de l'auteur, un horrible antisémite, mais c'est un grand de la littérature, je t'assure...* Victoire n'a pas l'air emballée. Elle voulait des femmes auteures mais son père ne lui a proposé que des œuvres d'hommes. Antoine se précipite sur les livres de poche, alignés et classés par ordre alphabétique le long du couloir, et sort tel un sésame les *Mémoires d'Hadrien* de Marguerite Yourcenar. Bien qu'il ne l'ait pas lu, il sait en parler, s'émeut Estelle, admirative devant cette scène qu'elle trouve pleine de tendresse entre son mari et leur fille. On dirait que plus rien n'existe autour. Antoine n'a pas attrapé son téléphone depuis au moins une heure. Il est avec Victoire, *il est avec nous*, se réjouit Estelle dans un mouvement de décompression. Ses tremblements ont cessé. Elle a quand même envie de chocolat.

Estelle frôle le portable d'Antoine mais n'a plus le goût de l'allumer. Elle se met à rire intérieurement, nerveusement. Elle a l'impression de s'être fabriqué une frayeur. Elle attrape la plaquette, du blanc aux éclats d'amande. Est-ce vraiment du chocolat ?

Qu'importe, elle savoure un carré et regarde au loin par la fenêtre en regrettant que, de sa cuisine, la vue ne soit décidément pas dégagée.

Par chance, Antoine lui a proposé de déjeuner un jeudi, le jour où Lila n'a pas cours. Alors qu'Abel a fermé bruyamment la porte à 8h15 pétantes, elle se pose devant son ordinateur pour terminer un article sur les paradis fiscaux qu'attend de pied ferme la revue *Futurs recomposés*, en phase de bouclage. Lila a beau enchaîner les cafés, lire et relire les premières phrases qu'elle a écrites, impossible de se concentrer, son esprit revient toujours sur Antoine. De guerre lasse, elle ouvre le robinet d'eau de sa baignoire et appelle son amie de toujours, Amandine, la seule à qui elle se sent à même de confier son craquage pour le député Polin.

Contrairement à Lila, Amandine est restée dans la ville de leur enfance, à Boulogne. Elle dirige le service des ressources humaines de la municipalité, son mari est commercial dans une entreprise de produits d'entretien. Toujours ensemble, ils élèvent leurs deux adolescents dans un duplex en hauteur donnant sur l'île Seguin. Amandine ne partage pas la vie militante de Lila. Comme ses parents, ses convictions vibrent à droite, même si la politique n'est vraiment pas son affaire. Entre Lila et Amandine, c'est une bulle amicale à part, un havre de nostalgie et de complicité intime. Ce que Lila apprécie par-dessus tout chez son amie, ce sont ses débordements d'enthousiasme et de bienveillance, cette insubmersible joie de vivre. C'est donc sans surprise qu'au fil de la conversation, Amandine s'emballe pour Antoine Polin qu'elle googlise en même temps qu'elle parle, enchaînant les interjections émerveillées.

Munie de ses écouteurs, Lila s'enfonce dans le bain chaud en calmant les ardeurs d'Amandine. Que les choses soient claires, ce n'est pas du tout son genre d'homme, enfin physiquement oui bien sûr – *à part le costard cravate*. Et s'il est singulièrement brillant, Lila tient à préciser le gouffre qui les sépare. Amandine ne voit pas le problème, elle se met à tempêter dans le téléphone *qu'on s'en fout de la politique dans les relations amoureuses, sinon c'est vraiment à chialer*. Et puis elle a une marotte : que Lila ne reste pas célibataire. Amandine trouve qu'une femme seule avec un enfant, c'est trop difficile, trop triste. Quand Lila lui annonce qu'Antoine est marié depuis vingt-quatre ans, c'est écrit sur sa fiche Wikipédia, Amandine ne flanche pas, convaincue que Lila, qui a toujours fait tourner la tête des garçons, peut le faire chavirer jusqu'au divorce. Lila ferme illico presto la porte – *On n'en est pas du tout là* et *il n'est pas question de faire ma vie avec lui, ça n'irait nulle part de toute façon, je t'assure* – avant d'en revenir à l'essentiel, l'attirance *insensée* qu'elle ressent pour Antoine. Que cette histoire ne puisse déboucher sur aucune issue sérieuse lui procure même la fièvre de l'acte déraisonnable.

Soufflant sur la mousse de son bain, Lila recueille avec bonheur ce qu'elle était venue chercher en appelant Amandine, une forme d'autorisation à franchir le Rubicon. Elle se figure ce que lui aurait répondu Lucile, par exemple, son *alter ego* intellectuel et militant. Tombant de sa chaise, extrêmement gênée, elle aurait affiché sa consternation avec un bombardement de questions : *Tu es sûre que c'est une bonne idée ? Il est quand même super de droite ce mec, non ? Et tu te vois vraiment vivre une histoire avec un bourgeois technocrate ? Tu te sens capable de passer ta vie à l'attendre, de mettre en sourdine tes engagements, d'organiser des dîners mondains avec ceux qui imposent l'austérité et adorent Alain Minc ?* Lila sait qu'elle n'est pas en état d'affronter un tel niveau de sérieux. Elle raccroche de sa conversation avec Amandine satisfaite d'avoir engrangé la petite dose d'excitation supplémentaire qu'elle attendait, qu'il lui fallait.

Sortie de l'eau, Lila enfile un peignoir et tente de manger une tartine mais son ventre est noué. Elle se remet devant son ordinateur, relève ses mails, consulte l'heure, se maquille légèrement, enfin un peu plus que d'habitude, puis cherche dans l'armoire sa robe en stretch noire incrustée de motifs géométriques gris clair. Les aiguilles ne tournent pas, Lila déteste ce temps qui s'étire, elle n'en a pas la patience. Elle passe encore un coup de fil militant tout en cherchant la pochette qui lui donnera une contenance – rouge, elle opte pour le tranchant – et enfile sa veste en jean. Il ne lui reste plus qu'à choisir une paire de chaussures. Elle s'arrête sans hésiter sur ses escarpins à talons compensés, comme si elle voulait se grandir face à Antoine. À 12h24, elle est sur le palier. Mappy avait diagnostiqué un parcours de quarante-deux minutes pour se rendre jusqu'au restaurant japonais qu'Antoine a choisi dans le 8e arrondissement à Paris. Lila devrait être en retard, comme prévu. Elle se dirige vers le RER d'un pas alerte, sous un soleil insolent. Lila se sent belle, presque rajeunie. Elle est persuadée que tout le monde la dévisage, que chaque passant sait qu'elle a un rendez-vous important, qu'un homme la désire.

À 13h08, Lila ouvre la porte du restaurant. Chic, très chic, si chic qu'elle regrette déjà d'avoir mis sa veste en jean. Son portable frémit, Antoine est *désolé* mais il aura *un petit quart d'heure de retard*. Lila a l'impression d'être une jeune débutante. Elle s'installe à la table réservée au nom d'Antoine Polin, n'en peut plus d'attendre quand, le nez dans sa pochette, elle entend le timbre de sa voix qui la fait immédiatement chavirer. Au son de cette musicalité si particulière, comme un accent venu de nulle part, elle vacille. Il l'embrasse lentement, laissant son odeur enivrer Lila qui se sent déjà toute nue. L'effet aphrodisiaque d'Antoine emporte tout, son insupportable *Bonjour mademoiselle*, son alliance en or massif qui brille encore, sa Rolex qui dépasse de la manche de son costume… Rien ne semble avoir d'importance pour Lila en dehors de la chute, l'étreinte qu'elle est venue chercher. Au fil du déjeuner, Lila s'étonne que le portable d'Antoine reste silencieux. Il a donc décidé de le couper, pour elle, juste pour elle. Lila mesure l'effort ou plus exactement le désir, brûlant, qui est sur la table, sous la table, partout.

Alors qu'Antoine arrache l'addition sans l'ombre d'une hésitation, Lila ne moufte pas, sa virilité paraît en jeu, elle n'ose pas l'attaquer, pas maintenant. Le temps presse, déjà. 14h42, elle doit attraper le bus au plus vite pour ne pas rater son rendez-vous avec une délégation d'économistes sud-américains. Antoine l'accompagne devant l'arrêt qui borde la Seine, à la hauteur du pont de l'Alma. Lila tourne la tête pour voir si le bus arrive puis, en la rebasculant vers Antoine, elle est attrapée par sa bouche. Là. Comme ça. En pleine rue. Lila n'en revient pas. La rapidité entre la rencontre et le baiser. Le risque du cliché volé aussi. L'envie d'elle plus forte que la peur de finir jetés en pâture sur les réseaux sociaux.

Elle est bluffée par l'audace. Le bus ouvre ses portes, Lila monte la marche, sa tête tourne. Antoine la regarde s'échapper en souriant. Antoine sourit tout le temps.

Alors qu'elle entre dans la buvette pour l'apéro avec Élisa, assistante parlementaire de la députée Isabelle Hernin, Jeanne se rappelle subitement qu'elle n'a même pas répondu au message de Pablo Zenan. Elle l'a pourtant reçu ce matin, vers neuf ou dix heures. Jeanne ne sait que faire de ce jeune prétendant, à part le garder sous le coude en alimentant au compte-gouttes l'ambiguïté. Une poire pour la soif. Elle lui adresse trois mots sibyllins, puis relève la tête et Antoine apparaît dans son champ de vision. Installé dehors sur la terrasse sous un grand parasol, il est en pleine conversation avec quelques députés de sa famille politique. Que des hommes, l'ambiance est studieuse. *Probablement une discussion stratégique*, se dit Jeanne en guettant le regard d'Antoine qui ne vient pas. Elle songe à son comportement avec les autres femmes mais se reprend aussitôt, elle n'est pas les autres femmes.

Jeanne s'installe avec Élisa sur l'une des banquettes rouges de la buvette, juste en dessous des céramiques murales de taille impressionnante qui font le charme désuet de cette brasserie parlementaire au style Art nouveau. Les œuvres exposées ici représentent des femmes nues dans des poses lascives, seins, ventres et hanches arrondis, ainsi que quelques enfants tout aussi nus tenant la main de la figure maternelle. Jeanne fait remarquer à sa collègue qu'aucun homme n'orne les murs de ce haut lieu de détente des députés, fermé au public. Alors qu'elle travaille à l'Assemblée depuis près d'un an, Élisa se met à tourner la tête dans tous les sens, tombant effectivement sur des femmes nues les unes après les autres – pas un homme. Pour Élisa, le décor de cet espace historique qui fut si longtemps marqué par l'entre-soi masculin se dévoile dans sa dimension érotique sexiste. L'étonnement se lit sur son visage et Jeanne s'amuse de son effet – ce n'est pas la première fois qu'elle ouvre les yeux d'une collègue sur cet environnement pourtant familier. Puis elle épie Antoine, toujours en pleine conversation, sans égard pour elle.

Jeanne veut savoir comment s'est déroulée la réunion du groupe Énergie et Liberté au sujet de Pascal Drevon. S'est-il seulement dit quelque chose ? Même si la vague #MeToo a brisé l'omerta, le silence en matière de violences faites aux femmes reste englué dans la routine, Jeanne ne se nourrit pas d'illusions. Élisa raconte que l'affaire n'était pas à l'ordre du jour, *évidemment*, mais en fin de réunion, *sa* députée a osé mettre les pieds dans le plat. Pascal Drevon étant absent, Isabelle Hernin s'est sentie plus tranquille pour engager la discussion. Connue pour son indépendance et son franc-parler, elle n'y est pas allée de mainmorte : *Les amis, on sort de là comme si* Éclairs *n'avait pas publié son brûlot sur Pascal Drevon ou on arrête les conneries ? Qu'un collègue enfreigne la loi et risque de violenter sa femme, je suis désolée, mais on ne peut pas laisser passer, ou alors ce n'est pas la peine de faire des beaux discours contre les violences faites aux femmes !* Un brouhaha s'est immédiatement installé dans la salle, d'autant que plusieurs députés étaient déjà sur le départ, certains d'entre eux se mettant même ostensiblement à accélérer le pas. Élisa confie à Jeanne que la discussion avait en réalité commencé sur leur boucle Telegram. Une députée avait partagé l'article et plusieurs collègues étaient montées au créneau. Le président du groupe, Philippe Tardiol, n'avait pas réagi mais en réunion, face à l'interpellation d'Isabelle Hernin, fût-elle une députée marginalisée auprès de ses collègues et souvent taxée de « gauchiste de service », il a bien été obligé d'en dire un mot. Le député a alors pris un ton d'emphase pour noyer le poisson. La voix perchée dans les aigus, Élisa résume son propos : *Bien sûr les violences conjugales, blablabla, mais présomption d'innocence, blablabla, devoir de solidarité envers un collègue, blablabla, aucune confiance en* Éclairs *qui s'en prend en permanence à la majorité, blablabla*… À chaque *blablabla*, Élisa lève les mains en l'air avec une gestuelle théâtrale qui déride Jeanne choquée par ce qu'elle entend. Pour finir, le président Tardiol a assuré que contact serait pris avec Pascal Drevon pour *faire toute la lumière sur cette histoire*. Fermez le ban.

Devant leur assiette de charcuterie, Jeanne et Élisa tombent d'accord : impossible d'en rester là. Songer que cet article ne déclenchera rien, que Drevon s'en sortira par un mélange de complicité virile et de lâcheté leur est insupportable. Elles s'inquiètent pour sa femme, qu'elles ne connaissent pas mais pour laquelle l'empathie leur vient de façon aussi immédiate qu'inconditionnelle. Et les deux collaboratrices n'oublient pas Aurélie Dubouchet. D'ailleurs, même si ce n'est pas tout à fait de son ressort, Balance Ton Député est bien décidée à se saisir de *l'affaire Drevon*, assure Jeanne. En revanche, Isabelle Hernin n'a pas envie de compliquer encore ses relations au sein du groupe en se mettant en avant avec cette histoire, poursuit Élisa.

En avalant une rondelle de saucisson, Jeanne prépare un message pour Antoine. Il devait bien être présent à cette réunion, pourquoi n'a-t-il rien dit ? Elle envoie sa missive : *Tu ne m'as pas vue mais je te vois ! Rester silencieux, attendre que l'orage passe quand* Éclairs *met en cause ton collègue Drevon qui ne se soumet pas à la loi et harcèle sa femme… vraiment chapeau ! Une Énergie d'une grande Modernité…*

Elle éteint son portable rageusement. Quand elle le rallumera une heure plus tard, et même quand elle le reprendra le lendemain matin, elle ne trouvera aucune réponse. Décidément, Antoine est un maître dans l'art de l'esquive.

J+1, le téléphone ne cesse de vibrer. Depuis que Lila a franchi le seuil du bus, Antoine est entré dans une phase de messages compulsifs, alternant échanges politiques et séduction. Hier, c'est après minuit que le dernier s'est affiché. Un simple « Je t'embrasse » qui a donné des frissons à Lila. Où était-il, que fabriquait-il pour se montrer si disponible ? Lila n'a pas osé lui poser la question. Elle le trouve habile, davantage qu'elle ne l'aurait présumé, et de plus en plus excitant. Elle a savouré ces premiers moments d'échanges frénétiques où, de mot en mot, se dessinent deux personnalités, se noue une relation. Qui ne se damnerait pas pour revivre éternellement les débuts amoureux ?

Sa critique du projet de loi sur l'immigration défraye la chronique médiatique. Même Lucile, qui ne sait toujours rien de leur liaison, s'est presque enflammée pour ce député de la majorité *finalement assez courageux* pour combattre plusieurs mesures liberticides et inhumaines contenues dans le texte du gouvernement. Antoine en défenseur de notre humanité, vent debout contre les tests osseux pour les mineurs étrangers, furieux envers les nouvelles restrictions pour l'obtention de visas... Il n'en fallait pas plus pour déchaîner la libido de Lila. Elle avait trouvé le fil d'une complicité de fond qui se nourrit d'arguments échangés, de colères partagées.

Avant de dormir, Lila se passe et repasse les interventions d'Antoine dans l'hémicycle. Elle en oublie son libéralisme économique viscéral, ses envolées austères sur les retraites et la dette, son soutien tout juste ébranlé au président Chavert. Sa nuit de sommeil n'en est pas moins agitée. Un chameau fait de nouveau irruption, cette fois-ci en plein Paris. L'animal traverse la place de la Concorde et sème la panique. Lila tient dans ses bras son fils qui hurle de peur. Les voitures, les vélos, les gens s'agitent dans tous les sens.

Lila se réveille en sueur, vers cinq heures du matin. En prenant un verre d'eau dans la cuisine, elle déroule une nouvelle fois les photos du député sur le moteur de recherche de son ordinateur. Devant la pleine page d'Antoine Polin, Lila se sent désarmée. Elle s'arrête toujours sur le même cliché : le député en gros plan sur fond noir, une veste claire avec une cravate vert sapin, la tête inclinée sur la gauche, une main dans les cheveux, le regard intense tourné légèrement vers le haut, juste une ébauche de sourire... Elle ouvre l'image en grand, une tension saisit les muscles de son vagin.

Au matin, le premier sms est arrivé à 6h52 : *J'ai rêvé de toi.* Lila savait qu'elle avait accroché Antoine mais pas au point de nourrir ses fantasmes nocturnes. Elle jubile, laissant libre cours à son instinct qui l'embarque avec intensité dans cette histoire avec Antoine. *Inch'Allah,* comme dirait sa mère.

Estelle a trois minutes d'avance. Elle sonne à l'interphone, monte les deux étages à pied, la porte du cabinet de Madame Serein s'ouvre mécaniquement. Elle s'assoit dans le fauteuil du vestibule et se focalise sur la tenture africaine accrochée au mur, dans des tons pourpres et bruns. Elle la trouve intrigante. On y voit des femmes aux seins fermes et pointus avec des seaux sur la tête. L'une d'entre elles allaite, une autre est baissée pour ramasser des cailloux.

Madame Serein fait son entrée. Estelle est toujours intimidée par cette dame de petite taille, frêle, presque osseuse, mais si solide dans sa posture, ses mouvements, ses intonations. Vêtue de façon distinguée, la psychanalyste arbore une bague bleue proéminente au majeur de la main droite. Chacun de ses mots semble parfaitement pesé, comme si aucun ne pouvait être en trop, c'est déconcertant. Estelle pose son sac à main et s'installe sur le fauteuil à côté du divan sur lequel elle ne peut pas s'allonger – elle a essayé une fois mais elle s'est sentie prise de vertiges, une angoisse s'est nouée au niveau de son cou, alors madame Serein lui a proposé de rester sur le fauteuil en l'interrogeant sur ce qu'elle avait *en travers de la gorge*, ce qui a laissé Estelle dans un état de perplexité inquiète.

Par quoi commencer ? C'est son appréhension hebdomadaire depuis une année maintenant qu'elle a entamé cette analyse, sur injonction de son médecin traitant qui ne voulait plus lui prescrire d'antidépresseurs tant qu'elle ne s'engageait pas à consulter *un psy*. Estelle n'avait pas rechigné. Telle une bonne élève qui reçoit un avertissement, elle s'était appliquée. Incapable de parler de ce qui lui arrivait, d'appeler à l'aide, de prendre un conseil amical, elle avait cherché seule sur Internet, jouant son sort au petit bonheur la chance. Ce dont elle était sûre dans ce moment où ses certitudes s'écroulaient les unes après les autres comme un château de cartes, c'est qu'elle voulait parler à une femme et non à un homme, dans un lieu à proximité de son bureau, avec une disponibilité de rendez-vous à l'heure du déjeuner. Ce qu'elle souhaitait aussi, c'était une psychanalyse – un psychiatre lui aurait donné l'impression d'avoir définitivement basculé dans la maladie, un simple psychologue de se borner à un travail de surface. Après trois appels infructueux à des praticiens n'ayant plus de place disponible, elle était tombée sur madame Serein. Ce nom de famille lui avait inspiré confiance, il avait sonné comme un coup du destin. Dès la première consultation, elle fut conquise par la prudence de cette thérapeute qui s'exprimait peu et tout en délicatesse. De la même manière qu'elle n'avait rien dit sur ses comprimés, Estelle n'en avait pas parlé à Antoine. Elle n'aurait jamais pu avouer à son mari qu'elle recourait à la chimie pour garder goût à la vie, ni qu'elle avait besoin de remonter les fils de son inconscient pour en finir avec ses antidépresseurs. C'étaient ses névroses, son histoire, son défi à elle, et à elle seule. Le lien n'est pas la fusion – de ça, elle était certaine.

Assise sur le fauteuil en velours bleu givré, Estelle fixe le lustre en métal au-dessus de madame Serein, en se disant qu'elle aimerait tellement raconter ses rêves, seulement elle ne se souvient jamais de ce que son imaginaire trafique au cours de la nuit. Elle s'en tient donc aux faits du jour, mais il y a mille façons de les raconter et mille autres encore d'en oublier. Estelle sait qu'elle pourrait contourner l'essentiel, elle se méfie d'elle-même. Elle se lance en relatant sa frayeur quand elle a découvert le message de Jeanne, son escapade aux toilettes, le retour à la raison. Estelle associe à un épisode de son enfance le moment où elle a reposé le téléphone de son mari sur la table de la cuisine, pétrie de culpabilité devant son geste – d'autant qu'elle n'avait rien trouvé. À l'âge de sept ou huit ans, elle avait volé de l'argent dans le porte-monnaie de sa mère qui s'en était aperçue. La sanction avait été si sévère et humiliante – trois claques de son père, chaque soir pendant une semaine, au milieu du salon où elle devait se mettre à genoux – qu'elle en avait suffoqué durant plusieurs mois. Estelle décrit ensuite ses sensations, une pression diffuse la tire vers le sol. La lassitude et le manque de désir à tout sujet caractérisent son état général, comme si elle était emportée par le cours d'un fleuve qui s'apprête à déborder. Rien à voir avec le plaisir qui nous anime quand on maîtrise avec calme ce qui nous arrive, cette sérénité du *carpe diem*, non, c'est plutôt une forme de tétanie devant tout, de déni aussi de sa propre subjectivité.

Madame Serein n'aura posé qu'une seule question durant cette séance, laissant à nouveau Estelle dans un état de confusion : *Pourquoi pensez-vous que votre mari vous trompe ?*

Antoine lui a donné rendez-vous au métro Filles du Calvaire, ça ne s'invente pas. Il est à l'heure, porte un costume gris clair avec une cravate rayée jaune et un sourire radieux – Lila est maintenant convaincue qu'il ne s'en sépare jamais. À côté, elle ressemble à une collégienne, avec ses baskets et son tee-shirt uni blanc, parfaitement basique. Elle n'a pas eu le temps de se changer après sa participation avec Les Alter Égaux à une action de soutien aux caissières d'une grande enseigne en lutte contre l'augmentation du tarif de leurs tickets-restaurant alors que les dividendes des actionnaires ont encore explosé. Antoine la mange du regard, il a l'air si enthousiaste en la retrouvant, si pressé de pouvoir la serrer dans ses bras que Lila revisite sa propre allure, naturelle et sans chichis, un atout peut-être pour séduire le député Polin. En miroir, n'est-elle pas elle-même sous le charme de l'exotisme de ses costumes ?

Antoine la conduit dans un endroit où il prétend n'avoir emmené qu'une seule autre femme. C'est l'appartement parisien de sa petite sœur Angèle, médecin à Mayotte. Ce grand studio est vide la plupart du temps, Antoine en a les clés mais il met un point d'honneur à ne pas l'utiliser *comme une garçonnière*. Dans ses explications, Lila comprend à la fois le caractère habituel de son infidélité et l'honneur particulier qui lui est fait. Elle décide de s'en sentir flattée et de ne poser aucune question. En arrivant devant l'immeuble, Antoine regarde de tous côtés, inquiet à l'idée d'être aperçu par un voisin, une connaissance. Dès que l'ascenseur a fermé ses portes, il se précipite sur elle et ne lâchera son corps qu'à leur retour au rez-de-chaussée de l'immeuble, une heure plus tard. Le dialogue de leurs corps a éclipsé toute discussion politique. Sexuellement, ils parlent le même langage. Leur désir l'un pour l'autre est de plus en plus furieux. Anticipant l'addiction qu'une telle complicité physique, immédiate, pourrait créer, Lila se laisse embarquer.

Grisée, Lila court pour ne pas être en retard à la sortie de l'école. Abel, lui non plus, n'aime pas attendre.

En rejoignant Antoine en terrasse d'un restaurant près de l'Assemblée, Estelle se régale par avance du soufflé au caramel au beurre salé qu'elle dévorera à coup sûr en dessert. Elle adore cette adresse. Ce soir, ils dînent avec le député Benjamin Pommard et sa femme, Chloé. Amis de longue date, le couple est complice des ambitions politiques d'Antoine, Benjamin étant considéré dans la presse comme son bras droit. Pour Estelle, Chloé n'est pas seulement une amie, elle est devenue un reflet de sa propre réalité. Avocate de métier, exubérante dans son look saturé de rouge et de rose, terriblement bavarde, Chloé lui apparaît à la fois comme son double et son opposé, son endroit et son envers. Quant à Benjamin, il fait partie de ces hommes politiques qu'elle apprécie pour leur chaleur humaine et leur sens de la dérision. Les deux couples forment une entité familiale rassurante pour Estelle qui, en cette période instable, en a particulièrement besoin.

Le serveur apporte quatre coupes de champagne – *offertes par la maison* – quand Chloé lance la conversation sur Pascal Drevon – *Incroyable cette histoire, non ?* Estelle n'a pas vu passer l'information, Chloé résume l'article d'*Éclairs*. Les deux hommes se regardent en silence, Benjamin allume une cigarette, Antoine tapote sur son portable, puis Chloé s'embarque dans un long monologue dont elle a le secret, en se perdant dans les détails de trois ou quatre cas de divorce avec violences qu'elle a eu à traiter. Estelle écoute sans savoir si elle a un avis ou si elle n'arrive pas à l'exprimer. La fumée sort de la bouche de Benjamin qui prend la suite – *Le sujet a été abordé en réunion de groupe et Tardiol a pris les choses en main puisqu'il a prévu d'en discuter directement avec Drevon. La version d'*Éclairs*, ce torchon contestataire, ne peut quand même pas être prise pour argent comptant !* Le député ironise ensuite sur les difficultés de la vie à deux, disserte brièvement sur ses aléas intimes et insondables de l'extérieur. Chloé réplique aussi sec – *Non mais toi, #MeToo, ça t'est vraiment passé au-dessus de la tête !* Benjamin reprend une taffe en esquissant un sourire placide pendant qu'Estelle s'interroge : où est passé, pour elle aussi, tout ce tohu-bohu de #BalanceTonPorc ? Elle se rappelle avoir souvent changé de chaîne ou tourné la page des magazines quand il s'agissait de témoignages de femmes victimes. Est-ce le trop-plein de récits, livrés partout, en masse, d'un seul coup ? Ou cette violence spécifique la dérange-t-elle pour une raison inconnue ? Estelle laisse ce nuage de mystère s'estomper dans sa tête.

Les entrées arrivent, Antoine en profite pour changer de conversation – *Alors, vous partez où en vacances ?* Estelle se jette sur son carpaccio de Saint-Jacques, elle meurt de faim. Quand Chloé s'emballe pour la superbe maison avec piscine qu'elle a dénichée dans le bassin d'Arcachon, Pascal Drevon et sa femme ne sont déjà qu'un vieux souvenir.

Dans l'arrière-salle du Bistrot des Dames qui donne sur une jolie cour intérieure du quartier des Batignolles, Jeanne et Manon viennent de commander un verre de vin rouge, plutôt léger – *un Menetou, ça ira très bien.* L'heure de l'apéro, Jeanne la partage ce soir avec sa collègue du groupe Alliance rouge et verte. Leur amitié est un secret de polichinelle mais les deux jeunes assistantes parlementaires aiment se raconter leurs histoires loin de l'agitation de l'Assemblée. La transparence entre elles suppose une certaine opacité extérieure. Manon est exaltée, elle vient de candidater au cabinet d'Émilie Clark. Un poste s'est libéré, elle a ses chances. L'idée de travailler directement auprès de cette jeune députée qu'elle admire, celle qui déchaîne la Toile et sèche régulièrement des ministres, lui met des étoiles dans les yeux. Jeanne l'encourage avec enthousiasme, d'autant qu'Émilie Clark siège au bureau de l'Assemblée nationale où l'affaire Drevon devrait un jour être discutée – *En tout cas, il faut l'espérer.*

Si Manon est d'humeur électrique, c'est aussi parce qu'elle est approchée par Guillaume Harvey. Le député lui a carrément proposé de dîner avec elle. Après des semaines de regards qui déshabillent dans les couloirs, trois ou quatre échanges engageants entre deux commissions et 58 textos, il a passé la seconde. Manon n'y croyait pas. Jeanne n'aurait eu aucun doute. *Ils sont tous pareils.* Comment ça ? *Quand ils commencent, ils s'arrêtent rarement.* Manon l'interpelle sur ce « ils », elle n'apprécie pas la façon dont Jeanne englobe les hommes et parmi eux, celui qu'elle convoite. Professorale du haut de ses vingt-six ans, Jeanne répond qu'elle signifie par ce « ils » une catégorie d'hommes, ceux qui aiment le pouvoir et séduisent les femmes à tour de bras, un genre très courant dans le monde politique. Elle les connaît, elle en a éclusé plus d'un, de Stéphane Altran, ce député breton qui lui a envoyé jusqu'à 42 textos dans une même journée mais n'avait jamais le temps de la voir, à Léonard Balzin, ce forcené de la commission des lois qui ne rêvait que d'une chose, la sauter dans les toilettes de l'Assemblée, en passant par Basile Bravant, ce jeune parlementaire lubrique qui accumulait les conquêtes dans sa chambre du « 101 » – un bâtiment de bureaux, avec lits, rue de l'Université –, au grand dam de sa voisine qui se plaignait de cris intempestifs à des heures avancées de la nuit. Ce qui la frappe, ce sont les similitudes dans la technique de drague comme dans ce qu'ils viennent chercher, ce qui les attire, les intéresse. *Se mêlent chez eux un besoin de légèreté et un désir de possession*, assène Jeanne d'un air blasé, comme si elle en avait fait le tour. *Tu penses à Antoine Polin*, lance Manon. *Pas seulement*, rétorque Jeanne qui poursuit sans sourciller sa description détachée, presque mécanique. Allant rapidement à sa conclusion, elle compare ces hommes à *des dealers de drogue. Ils ne donnent rien, ils prennent. Ils ont besoin de séduire des femmes dans notre genre pour se réassurer narcissiquement, se nourrir d'admiration, pour satisfaire aussi un besoin de détente et de frivolité dans un quotidien de stress maximum. Et nous*, ajoute Jeanne, *les jeunes femmes qui acceptons leur jeu, qui implorons presque d'être choisies, nous sommes à la merci du supplément de confiance en nous qu'ils nous apportent. En fait, tu vois, ils nous offrent, s'ils veulent, quand ils veulent, une forme d'accession au pouvoir, à la lumière. Et nous, on se sent exister à travers eux. C'est parce qu'ils sont installés sur le piédestal de leur position publique qu'ils subliment notre désir. Et ce désir, il est décuplé parce qu'ils suscitent patiemment une forme de dépendance. Nous mettre en état d'attente et de supplication, ça fait partie de leur stratégie plus ou moins consciente pour nous attraper. Et le pire, c'est que ça marche !*

Un verre de Menetou plus loin, Jeanne reconnaît le paradoxe : en vérité, elle les hait mais elle est irrésistiblement attirée par eux. C'est addictif. Manon n'est-elle pas aussi prise au piège quand elle s'émoustille pour Guillaume Harvey, ce député au style bourgeois et viril qui détonne singulièrement avec son ancrage social et politique à elle ? À part un petit rire nerveux qui signe le malaise, Manon n'offre pas de réponse, elle admet juste que c'est curieux. *Mais la vie ne peut quand même pas être une suite de situations attendues, non ?* Pour Jeanne, *c'est plutôt ce type de relation qui est parfaitement attendu.* Sur la défensive, Manon précise que, contrairement à Jeanne, elle n'est pas habituée, elle, aux relations avec *ces hommes-là.*

Alors que l'atmosphère commence à se crisper légèrement, elles mettent fin à leur dissertation sur les normes sociales de la séduction pour basculer vers l'essentiel pour ce soir, la futilité, l'écume des choses, le sel de l'existence. Les deux jeunes femmes dissèquent les derniers messages de Guillaume Harvey et échafaudent la stratégie – les grands mots ! – des jours à venir. C'est infiniment plus amusant. *De quand date le dernier texto ?* 17h05. Et Manon n'a toujours pas répondu. Parfait. Elles inventent ensemble mille formules et, après trois verres, se mettent d'accord sur ces mots : « J'attends comme la belle au bois dormant une date et une heure de rendez-vous. » *Tu crois qu'il va saisir le second degré ?* s'inquiète Manon. Elles rient et rient encore.

Jeanne est rentrée chez elle totalement ivre. Son ventre est si peu rempli qu'il encaisse douloureusement les quantités d'alcool, même modestes. Dans le miroir de la salle de bains, alors qu'elle se lave les dents, elle se trouve effrayante. Laide. Bouffie des joues. Hyper cernée. Un début de patte d'oie lui rappelle qu'elle n'a plus vingt ans. Se sentir vieille à vingt-six ans, c'est risible mais elle ne rit pas. Son estomac fait la danse du ventre. Ça commence, ça recommence. Jeanne connaît par cœur la suite des opérations.

C'est comme un rituel, un passage obligé, prévu, prévisible, répétitif en somme. Elle va lever la cuvette des toilettes, mettre ses doigts au fond de sa bouche, attendre quelques secondes, ce qu'elle a ingurgité va s'échapper au fond de la cuve, elle va cracher un peu, relever la tête, prendre du papier pour s'essuyer la bouche, se sentir mal, le ventre tendu, puis mieux, vidée, attendre au cas où une nouvelle salve arriverait, se redresser doucement, sentir une douleur dans le bas-ventre, prendre la balayette pour essuyer les résidus épars, retourner en marchant péniblement dans la salle de bains se laver les dents. La scène est rodée. Depuis l'adolescence, elle a pris l'habitude secrète, solitaire, de rendre. Mais rendre quoi ? Ce qu'on ne lui a pas donné ?

Sur le chemin du restaurant à son studio, Jeanne espérait un mot d'Antoine. Elle lui avait envoyé un message tendre, sentimental. Elle avait besoin de sa présence, d'un signe. Elle demandait si peu qu'elle s'estimait en droit de recevoir. Pour une fois. Elle voulait le voir, pas longtemps, sans le déranger, mais vite, juste un moment, le temps d'un café, rien de plus. Au fond, elle cherchait une preuve, mais de quoi ? D'un attachement ?

Un verre d'eau. C'est bien l'eau après avoir vomi. Quand même, Antoine ne pouvait pas venir chercher auprès d'elle que du sexe pour le sexe. Venant et revenant vers elle depuis plus de deux ans maintenant, il avait forcément laissé traîner des sentiments. Jeanne se rattrapait aux branches, supposait une incapacité viscérale d'Antoine à exprimer ses émotions. Oui, il n'arrivait pas à prendre soin d'elle mais il éprouvait pour Jeanne une affection, peut-être même un sentiment amoureux. Seulement il ne savait pas, ne pouvait pas le traduire en mots, en actes.

Jeanne avale un Doliprane avant de se déshabiller. Nue, elle a froid, elle se blottit sous sa couette, téléphone à portée de main pour faire dérouler ses derniers mois de conversation erratique avec Antoine – contrairement à lui, elle n'efface aucun message. Ici, elle perçoit un aveu, une perche sensible. Là, elle sent le vent tourner, la raideur de l'émotion. Elle éteint la lumière. Son estomac vide la berce de légèreté. En fermant ses paupières, elle voit son père, enfin son absence, sa mère, surtout sa dépression. Souvent chargée de veiller sur ses deux petits frères faute de parents en état de le faire, elle a grandi avec la responsabilité et l'autonomie chevillées au corps. Un mode de survie. Même s'ils ont toujours été occupés ailleurs, à l'usine et au syndicat pour l'un, à boire et à se plaindre pour l'autre, et bien qu'ils aient été incapables de le lui dire, ses parents l'aiment, elle en est sûre. Ils ne savaient pas, ils ne pouvaient pas lui dire, lui prouver, mais ils l'aiment, leur fille merveilleuse, si sage, résolument tournée vers la réussite, on dirait un tournesol. Pourquoi Jeanne les croit-elle sur, enfin sans parole ? Il n'empêche que le sentiment d'abandon lui colle aux basques.

D'un seul coup, elle rallume la lumière – 1h07 du matin – pour se déchaîner sur les touches de son portable : *Antoine, suis-je censée être à votre disposition ? Est-ce qu'une fois dans votre vie vous pourriez me considérer comme un être vivant, pensant, digne de votre attention ? Ne serais-je pour vous qu'une courtisane, une domestique, une pute ?* Jeanne lève le pouce vers la touche envoi, hésite, se ravise. Cette agressivité ne mène à rien. Et puis elle s'en fout d'Antoine, non ?

Lundi, mardi, mercredi, jeudi, vendredi… Chaque jour de cette semaine caniculaire de juillet, à 17 heures, 11h15, 13 heures, 18h45, Lila est descendue à Filles du Calvaire,a pris l'ascenseur, s'est jetée sur le lit avec Antoine, a repris l'ascenseur, s'est à nouveau enfoncée dans le métro. Non, elle ment, une fois elle est allée déjeuner avec lui, dans un restaurant italien très intimiste, à quelques encablures du studio qui n'est *pas une garçonnière*. Autour d'antipasti et d'un verre de chianti, Lila et Antoine se sont affrontés sur la méritocratie, qu'il adule, qu'elle honnit, ils ont partagé leur colère contre la loi sur l'immigration, qu'elle juge scélérate, qu'il qualifie d'inhumaine, puis il lui a donné le mode d'emploi : *Jamais de sms et d'appel entre le vendredi 19 heures et le lundi 9 heures, ce temps du week-end est sacralisé pour ma femme et mes filles*. Impressionnée par le niveau d'organisation de son amant de député, par le carré de son explication – on aurait dit un message de répondeur téléphonique –, Lila a enregistré sans moufter. Elle n'a pourtant pas du tout apprécié de passer après d'autres, avant d'autres, dans un même schéma, bien huilé. Une question d'orgueil, de tempérament. Persuadée au fond d'elle-même qu'elle a déjà acquis une place à part, qu'elle lui plaît davantage que celles qui l'ont précédée, Lila n'a rien dit. Elle s'est alors juré de faire dérailler sa mécanique, elle qui n'a jamais supporté de rester sagement à la place qui lui est réservée, ce n'est pas maintenant qu'elle va commencer.

Le vendredi, quand ils se quittent, Antoine explique à Lila qu'il part la semaine suivante en Sardaigne et qu'il n'est pas possible de se parler ni de se faire signe pendant trois semaines. S'envoyer des messages en période de vacances, c'est *la prise de tête assurée*, et Antoine a besoin de calme pendant la coupure, d'être pleinement en famille, tranquille d'esprit pour se reposer. Il s'est excusé à sa façon – *Je sais, c'est un peu égoïste* – puis l'a embrassée de toutes ses forces en lui susurrant combien il adorait faire l'amour avec elle, combien il espérait la retrouver en septembre.

Lila s'est retenue devant lui, elle ne voulait pas dévoiler son attachement, elle espérait par-dessus tout ne pas le perdre, à moins qu'elle n'ait pas réussi à l'affronter, désarmée par son assurance, sidérée par le gouffre entre la passion physique qu'il exprimait et la brutalité de sa mise à distance. Elle l'a quitté furieuse.

Sur le quai du métro, elle s'effondre sur un banc. Le temps de se calmer, dans l'attente d'une rame moins bondée, elle laisse passer quelques trains. Les paroles d'une chanson d'Angèle s'invitent en boucle dans sa tête – *La suite, on verra*. Elle cherche désespérément le titre. Elle se les répète en musique à l'intérieur d'elle-même, cherchant les phrases suivantes ou celles qui précèdent. C'est au bout de la ligne de métro que Lila retrouve le couplet du refrain dans lequel s'inscrivent ces quatre mots. Elle les chantonne à voix basse :

Tout est devenu flou
Et j'en ai peur la suite, on verra…

Elle n'a aucune idée de ce dont il est question dans ce titre d'Angèle, mais quelle importance ? Qui ne s'invente pas des histoires à partir de bouts de chanson ? Puis elle en retrouve un autre morceau qui colle à son état d'esprit inquiet :

Perdre la tête en enfer
J'ai peur de perdre tous mes repères…

Lila pressent un point de bascule avec Antoine. C'est flou. La suite, on verra.

Like diamonds in the sky... Jeanne, s'éclate sur Rihanna au milieu de la piste de danse du club des Landes où elle passe la semaine avec son amie Pauline. Quand il s'agit de déconner, c'est avec Pauline que ça se passe. Ensemble au lycée Victor Hugo de Nevers, elles étaient inséparables, toujours partantes pour faire quatre ou cinq cents coups. L'adolescence a pris fin mais Jeanne voit bien qu'il en reste quelques traces. Elle en est déjà à sa quatrième Tequila Sunrise, autant dire que le vertige n'est pas loin.

Jeanne a repéré un type au bar dont le regard est collé à ses fesses avantageusement relevées dans une jupe en simili cuir. Pauline s'est affalée dans un canapé où *elle roule des pelles*, il n'y a pas d'autres mots, depuis au moins trois chansons à un inconnu, un gars du coin. Jeanne a la tête qui commence à tourner mais elle reprendrait bien une Tequila. Elle avance vers le bar où elle se poste à trois centimètres, peut-être deux, de l'homme qui lui *matait les fesses* – comment le dire autrement ? Elle le toise, aiguise son regard. Brun, un mètre quatre-vingts elle dirait, un look sobre, la cinquantaine, des yeux un peu globuleux mais très expressifs, une bouche indiscutablement sensuelle. *Pas mal*, se dit Jeanne en hélant le serveur pour commander son verre. Le brun ténébreux sort un billet – *C'est pour moi*. Elle lui jette un regard glacial, lâche *Connard* puis repart cocktail à la main se déchaîner sur Daft Punk.

Au réveil sous la tente igloo, elle déguste sa gueule de bois. Un œil entrouvert, Pauline ronfle à côté d'elle. Pourquoi n'est-elle plus dans les bras de l'inconnu ? Son souvenir de la fin de soirée est incertain. Elle se rappelle juste avoir dit *connard* à un mec qui sortait un billet pour lui payer son verre, manière de lui faire savoir qu'elle n'était pas à vendre. Aucun regret, c'est comme ça désormais, dans chaque acte apparemment anodin entre un homme et une femme, deux mille ans d'histoire entre les sexes sont susceptibles de s'inviter. Alors évidemment, ça peut faire de la casse, mais à Jeanne, ça lui a fait du bien.

Elle sort de la tente, le soleil est suffisamment haut et chaud pour indiquer que l'après-midi a peut-être déjà démarré. Elle attrape une Vogue, allume le réchaud pour se faire un de ces cafés lyophilisés dont les vacances au camping ont le secret puis cherche une aspirine. En fouillant dans son sac, elle sent vibrer son portable. C'est Antoine. Il lui envoie le lien d'un entretien qu'il a donné, assorti d'un Emoji souriant avec des lunettes de soleil. Jeanne fait fondre son comprimé effervescent.

Sur la plage de Cala Piscinni, les mains d'Antoine font pénétrer la crème solaire sur le dos d'Estelle. Il n'y a pas à dire, son mari masse divinement bien. Estelle contemple un rocher au loin sur lequel l'eau ne cesse de se fracasser, produisant des jets légèrement mousseux qui jaillissent dans un mouvement régulier, elle se sent bercée. Antoine prend une photo avec son téléphone pour la poster sur Instagram – *Et si je mettais juste « volupté d'été », tu en penses quoi ?* Elle acquiesce en savourant le spectacle de ses filles qui plongent et replongent dans l'eau chaude. Antoine continue de lui palper le dos – *Un peu plus haut à droite*. Un nœud se desserre, au niveau de l'omoplate. Antoine l'embrasse dans le cou, attrape un cahier de jeux acheté à l'aéroport et entame des mots croisés. Estelle l'entend griffonner, somnole puis songe qu'elle a oublié son cachet ce matin. Antoine la sollicite, il cale sur une définition : « C'est un peu de bonheur dans l'inquiétude », dix lettres, la deuxième est un

p. Estelle fait mine de réfléchir mais pense aux prochaines vacances, le Monténégro lui fait envie. Elle n'en revient pas d'avoir un désir fort, clair, dicible.

Quel parfum pour ta glace ? Sur la plage de Sète chez Alphonse et fils – une institution –, Lila attend son tour. *Passion*, répond Abel. Sa maman sourit puis regarde la mer, côté sud-est. La Sardaigne doit être quelque part au loin. Très loin. Si loin. Horriblement loin. Lila ne sait rien d'Antoine resté silencieux, comme promis. Alors elle imagine tout et son contraire, ce qui a le mérite de donner des variations aux jours qui se suivent et se ressemblent. Au cours de ces semaines qui s'allongent comme des mois, Lila est emmurée dans sa solitude, muette sur ce qui la hante. Amandine est en vacances à l'étranger, elle ne peut pas la harceler de messages alors qu'elle prend le large à l'autre bout du monde et personne d'autre ne pourrait la comprendre, elle en est convaincue. Sa mère la juge ailleurs – *Tu ne manges rien !* Son père ne dit pas un mot parce que son père ne dit jamais rien. Sa sœur, qui a dupliqué le schéma parental en restant à la maison pour élever ses trois enfants avec son mari taiseux dans leur F3 avec balcon à Boulogne, remet régulièrement le couvert sur son célibat – *Sors un peu, on gardera Abel…* La chorégraphie familiale l'ankylose et l'apaise d'un même mouvement. Elle se sent à la fois si proche et si loin d'eux. Une dialectique de « transfuge de classe », se formule Lila en reprenant une expression d'époque qui lui revient toujours en boomerang.

Lila s'étiole mais elle fourbit ses armes pour la rentrée. Quand elle reverra Antoine, elle sera prête, elle saura où elle va, comment elle compte l'attraper. Lila peut se ramollir mais certainement pas dégringoler, un petit moulin pédale toujours dans ses jambes et son crâne, lui donnant le carburant pour avancer. Elle veut finir les vacances en étant finement parée pour tous les scénarios. Le seul qu'elle n'envisage pas, c'est la fin de l'histoire avec Antoine. Son lien est trop charnel, trop irrationnel sans doute aussi, pour s'arrêter sur des motivations raisonnables. Elle s'apprête à toutes les contorsions pour qu'il ne lui échappe pas et qu'il échoue *in fine* dans ses filets. Le gagner est devenu obsessionnel. Si elle veut bien accepter ses règles, c'est pour mieux l'amadouer, le faire céder. Sans doute son amie Lucile lui aurait répondu qu'elle se fourvoie dans une logique de rapports de force alors que les relations amoureuses épanouies sont celles qui échappent à cette folie de la possession. Lucile est impitoyable avec ses leçons de morale intelligente, lucide, assurée. Fort heureusement, Lila ne s'est toujours pas confiée à elle. Sans interlocuteur, elle est face à elle-même, cette femme qui ne sait pas faire autrement que de chercher à gagner le combat.

Ça y est, dit Antoine à Estelle, *j'ai trouvé* : *apaisement.*

Jeanne adore la rentrée politique parce qu'elle se produit toujours en douceur. On dirait que les universités d'été ont été pensées à cet effet, amortir la violence du retour des vacances. On y apprend, on y réfléchit, on y travaille, un peu, mais on papote aussi, on picole pas mal, on fait beaucoup la fête. Jeanne est comme un poisson dans l'eau alors qu'elle accompagne Gaël Sernan aux journées d'Énergie et Liberté à Montpellier où il intervient sur son sujet de prédilection, les quartiers populaires. Le parti EL, ce n'est décidément pas la tasse de thé politique de Jeanne – ni de Gaël d'ailleurs, qui se prête ici *au jeu du débat démocratique*. Mais elle sait qu'elle va s'amuser, se moquer parce qu'elle aime cancaner sur tous ces béni-oui-oui du président Chavert qu'elle trouve arrogants et un peu ridicules. Jeanne est aussi heureuse de retrouver *son* député. Gaël Sernan est doux, honnête, sincère, Jeanne estime que c'est une chance de travailler à ses côtés. Certes, il a *le charisme d'une huître*, il n'est pas à l'aise dans les médias, ni exempt de paternalisme mais ses convictions presque intactes, ses capacités d'écoute et son agilité stratégique font de lui un parlementaire respecté. Aujourd'hui, il a en prime le bon goût de l'emmener à Montpellier, ce qui lui permet de passer une nuit avec le député Polin.

Code d'entrée de l'hôtel d'Antoine en poche, Jeanne le retrouve directement dans sa chambre, vers minuit. Chose faite, et bien faite, tout juste gâchée par la nouvelle obsession de Jeanne : savoir ce que pense Antoine de Pascal Drevon. Sa réponse, elle l'attend de pied ferme. Il trouve cette histoire *compliquée*, ne voit pas ce qu'il peut faire, il veut bien son avis. Jeanne l'exhorte à sortir du silence – *Une femme est en danger, Antoine !* Oui, c'est possible, c'est terrible. Antoine va juste prendre une petite douche, il revient.

Le dossier est ouvert sur son bureau, Estelle tourne les pages et s'arrête sur l'image en page 4. Elle sent une pression monter dans sa poitrine à gauche. Au sommet du crâne, c'est comme si on lui enfonçait une aiguille. Étouffant de chaleur, elle se lève pour baisser le thermostat de la climatisation. Depuis quinze ans qu'elle travaille pour le cabinet Fumard & associés, elle en a vu des toiles, des photos, des performances renversantes mais là, l'effet relève de la décharge électrique.

À la réunion du lundi matin, Gilbert Fumard lui a transmis la requête d'une cliente particulièrement fortunée désireuse d'acquérir une œuvre d'art qui a déchaîné les réseaux sociaux. Avec un sourire de dérision et ce ton méprisant qu'il affectionne, il avait fait savoir qu'il ne comprenait pas l'intérêt de madame Piaget pour cette *curieuse chose* d'une étudiante américaine en art mais, comme il ne pouvait rien refuser à cette cliente hors pair, Estelle était chargée de répondre à sa requête – *et en urgence s'il vous plaît.* La dame de quatre-vingt-trois ans avait repéré l'œuvre dans un magazine féminin, elle voulait une estimation alors même que ledit dessin ou tableau – ce n'était pas très clair dans la description faite par Gilbert Fumard qui semblait n'avoir que dégoût pour cette œuvre, d'ailleurs pouvait-on parler d'œuvre ? – n'était pas sur le marché à sa connaissance. Il fallait justement vérifier.

Après avoir lu quelques articles recensés par Madeleine Piaget en pages 2 et 3 du dossier sur le geste artistique d'Emma Krenzer, dix-neuf ans, Estelle reste figée devant l'image qui représente un corps féminin, allongé comme un cadavre, sans tête, en noir et blanc, grimé de taches de peinture vive de couleurs différentes. Estelle n'est pas subjuguée par la prouesse plastique ou le génie de l'artiste, non, elle est dérangée par ce qu'elle voit. L'étudiante a pris en photo une amie, a imprimé l'image en taille réelle et peint dessus avec ses mains. Comme le précise une légende, chaque couleur correspond à une personne susceptible d'avoir touché la jeune fille au fil de son existence. En noir, bleu, jaune, vert : ses parents, ses frères et sœurs. En orange : ses amoureux. En rouge : quelqu'un à qui elle a dit non. Et ce rouge de non-consentement, de violence, on le retrouve sur le cou, les seins, les cuisses, le sexe.

Au bout de quelques secondes, une vision surgit en elle. C'est comme une atmosphère. Elle voit une chambre dans la maison de vacances de son enfance, à Saint-Jean-de-Luz. Les volets à demi fermés laissent entrer des rais de lumière. La chaleur est caniculaire, suffocante. Elle voit le petit lit simple dans lequel elle dort chaque année. Il est sur elle. Son oncle. Oui, c'est Hubert. L'odeur lui revient, une odeur forte, dérangeante. Allongée sur le dos, elle ne bouge pas. Le buste de son oncle écrase ses seins naissants, sa main traverse sa culotte de fillette, en coton épais. Le sexe dur d'Hubert fait des mouvements réguliers contre sa cuisse. Elle en a conscience mais elle ne le sent pas. L'effet sur son corps s'apparente à une anesthésie. Brusquement, l'attention d'Estelle se reporte sur le dossier, toujours page 4 du document remis par Madeleine Piaget. Elle a l'impression de se réveiller d'un évanouissement, de reprendre ses esprits sans bien réaliser ce qui vient de se produire. Estelle relit pour la troisième ou quatrième fois la phrase en exergue d'Emma Krenzer, juste en dessous de la peinture : « J'ai principalement fait ce projet pour moi-même, pour visualiser l'impact durable que le toucher peut avoir sur un individu. » Elle tourne la page, nouvel exergue : « Je pense que l'accessibilité et la vulnérabilité de mon projet permettent à d'autres personnes de s'ouvrir. »

Ressaisie, Estelle appelle sa secrétaire pour qu'elle prenne au plus vite un rendez-vous avec Madeleine Piaget. Elle est intriguée : qu'est-ce qui a pu l'attirer dans ce dessin d'une étudiante américaine au point de vouloir l'acquérir ? Sortie de sa torpeur, Estelle revient en arrière pour examiner l'image de la performance et s'interroger sur sa qualité artistique. En effet, de ce strict point de vue – mais qu'est-ce qu'un strict point de vue artistique ? aurait rétorqué n'importe lequel de ses enseignants d'histoire de l'art à l'université –, elle n'est pas sûre que ce soit renversant et promis à la postérité. D'ailleurs, elle doute de sa valeur sur le marché. En même temps, il y a le geste, le sens, dans le contexte social de #MeToo, ça vaut peut-être de l'or. Il faut qu'elle en discute avec Madeleine Piaget. Et, à coup sûr, avec madame Serein.

De retour chez elle, après exactement quatre semaines sans nouvelles d'Antoine, Lila commence à se détacher de lui. Les premiers jours ressemblaient à l'enfer, les derniers lui paraissent presque faciles. Son parfum, la sensation de son corps, le timbre pourtant irrésistible de sa voix se sont progressivement effacés de ses pensées. Lila a fait basculer sa frénésie ailleurs, dans l'écriture de son prochain essai, auquel elle s'attelle désormais avec méthode et entêtement. Elle a même trouvé un titre : *L'Économie est un sport de combat*. À son poste de travail, un café serré à sa droite, son portable à sa gauche, Lila est concentrée sur son texte.

À 9h31, Antoine réapparaît : *Coucou, j'espère que tu as passé un bel été. On se voit ? Hâte. Je t'embrasse. AP*. Le sang monte directement à la tête de Lila qui se sent coupée en deux, entre *va te faire foutre* et *quand tu veux*. Tous ses plans huilés, et minutieusement ressassés tout l'été, semblent annihilés par ce simple sms de retour d'Antoine. Ses sens sont survoltés. Elle trépigne, elle se veut dans ses bras, vite. Lila aurait voulu laisser passer des heures, une journée, plus encore avant de répondre. Elle ne mettra que vingt minutes, durant lesquelles elle aura effacé une quinzaine de messages, aux intentions contradictoires, avant de lui envoyer : *Te revoilà... Ok, voyons-nous. Mon premier déjeuner de libre est lundi prochain. Bonne journée.* Antoine ne prend pas la mouche face à l'aridité de sa réponse : *Yes! 13 heures à Filles du Calvaire?* La simple idée de pouvoir retrouver Antoine a chassé toutes les montées d'adrénaline, les pulsions agressives, la rancœur. La détermination de Lila à le faire tomber dans son escarcelle est intacte.

De retour sur l'écran de son ordinateur, Lila reprend son texte. Elle en était à *Ce vent de financiarisation de l'économie s'abat sur le monde comme un ouragan.* Elle juge sa phrase convenue, cherche du relief, mais seul Antoine surnage dans ses pensées.

Devant son bol de flocons d'avoine, Jeanne est une pile électrique. L'interview d'Émilie Clark, parue aux aurores ce 3 septembre dans *L'Affranchi*, a mis le feu aux poudres sur la boucle Telegram de #BalanceTonDéputé. Elle révèle que le bureau de l'Assemblée nationale a rejeté hier, dans un silence assourdissant, la demande du parquet de Nice de lever l'immunité parlementaire de Pascal Drevon. La justice en avait besoin pour pouvoir l'entendre dans le cadre de faits de harcèlement conjugal. L'immunité dont bénéficie Drevon en tant que député empêche qu'il soit, par exemple, mis en garde à vue pour les besoins de l'instruction.

Jeanne renverse du lait de soja sur la table. Elle essuiera plus tard, quand elle aura dévoré les révélations d'Émilie Clark sur les conditions dans lesquelles la discussion du bureau s'est déroulée. Dans la convocation reçue, relate la députée, l'intitulé particulièrement obscur ne laissait pas deviner une décision concernant une levée d'immunité : « Requête présentée en application de l'article 26, alinéa 2, de la Constitution ». Une note de bas de page renvoyait les membres du bureau à la possibilité de consulter sur place un dossier, à 10h30 alors que la réunion démarrait à 11 heures. Émilie Clark confie qu'elle n'y a pas prêté attention. Jeanne enrage que Manon ne soit pas déjà au cabinet d'Émilie Clark, elle aurait vu le loup, c'est certain. La députée dévoile ensuite que le sujet a été abordé avec une extrême rapidité, le rapport introductif ayant balayé la requête sur le registre de l'évidence. D'après Émilie Clark, la décision de ne pas lever l'immunité s'est appuyée sur deux arguments : d'une part, Pascal Drevon s'était toujours présenté devant la justice et, d'autre part, les faits en cause relevaient d'une « affaire privée ». La dimension sociale et politique des violences faites aux femmes une nouvelle fois évacuée, Jeanne n'en revient pas. Et elle bondit en apprenant que c'est une femme, certes de droite, députée du groupe LC (Les Conservateurs), qui a été chargée du rapport précédant le vote. Elle sait bien qu'être une femme n'est pas un brevet de féminisme, mais quand même. C'est sûrement un homme qui a dû avoir l'idée de passer la patate chaude à une femme.

Jeanne parcourt la suite sans respirer. Émilie Clark estime avoir été mise, à l'instar de ses collègues, devant le fait accompli. Elle dénonce *une pratique inadmissible.* Sous l'ancien président de l'Assemblée nationale, quand il y avait des levées d'immunité, l'ordre du jour le précisait clairement. Ce n'est qu'en sortant de la réunion qu'Émilie Clark a découvert l'article d'*Éclairs* sur Pascal Drevon. Jeanne ne comprend pas comment un tel brûlot a pu lui échapper. Une pointe de déception la saisit à l'égard de la députée qu'elle croyait plus avisée. Plus tard malheureusement, Émilie Clark avait appris que Drevon ne respectait pas la justice puisqu'il se rendait au domicile de sa femme alors que cela lui était interdit. Madame Drevon possède un téléphone grave danger, ce qui signe l'urgence de la situation. La députée concluait ainsi : « Un tel sujet ne peut pas se régler en dix minutes, sans aucun débat, avec un vote qui s'effectue comme un seul homme, si l'on peut dire. L'immunité parlementaire est un mécanisme qui permet d'éviter que le pouvoir politique en place utilise la justice à des fins de règlement de comptes vis-à-vis de ses opposants. C'est aussi un mécanisme qui protège la liberté d'expression. Mais là, il est question de harcèlement conjugal, susceptible de dégénérer en violences. Je ne vois absolument pas ce qui légitime le maintien de l'immunité. » C'est pourquoi la députée a écrit au président de l'Assemblée pour qu'il reconvoque en urgence le bureau : un débat sérieux doit précéder la décision et un nouveau vote s'impose.

Écœurée, Jeanne appelle Manon pour lui demander quand elle saura si elle est prise au cabinet d'Émilie Clark. Manon attend la réponse d'un jour à l'autre. Jeanne croise les doigts.

Antoine dépose son sac de sport dans l'entrée et s'affale sur le divan du salon, les jambes écartées, la tête en arrière. Il a mal partout. Estelle lui fait remarquer qu'il n'est pas allé au squash depuis des semaines et des semaines, alors comment pourrait-il en être autrement ? Sa femme doit avoir raison : Benjamin, nettement plus assidu, était en pleine forme et lui a d'ailleurs mis la misère. Estelle ne laisse pas son mari souffler, elle l'accroche sur Pascal Drevon. Cette fois, l'interview d'Émilie Clark est arrivée jusqu'à elle. Au parfum, elle aimerait bien savoir ce qu'en pense Antoine. Et que disent ses collègues députés ? Le président du groupe EL a-t-il eu une discussion avec Drevon ? Antoine n'en revient pas du ton d'Estelle, sa précipitation à enchaîner les questions comme une inquisition, une sommation. Il renvoie la balle, s'étonne de cette expression de colère qui ne lui ressemble pas, de son intérêt pour ce genre de sujet qui d'ordinaire la laisse de marbre. Estelle poursuit de plus belle son interrogatoire. Antoine n'a pas eu le temps de lire l'interview d'Émilie Clark aujourd'hui, il était débordé par *des emmerdements en circo*. Et puis il a faim.

Endolori, Antoine se hisse hors du canapé et demande s'il y a des *trucs à tartiner* dans le frigo. Estelle le poursuit dans la cuisine – *Tu ne trouves pas qu'elle a raison pour une fois, Émilie Clark ? Que c'est inadmissible que le bureau de l'Assemblée ait empêché la justice de faire son travail au nom de l'immunité parlementaire, qui n'est pas prévue pour ça ?* Antoine sort du tarama et cherche le pain. *Il n'y a pas de pain*, déclare Estelle en attendant sa réponse de pied ferme, un paquet de biscottes à la main. Le député cède en refermant le frigo. Il est d'accord, ça ne va pas cette histoire. En même temps, *on n'en sait rien de ce qu'il se passe réellement. C'est peut-être une folle qui raconte n'importe quoi.* Antoine décrit Pascal Drevon en collègue calme et sympathique, il n'arrive pas à le reconnaître dans ce personnage de manipulateur violent. Estelle ne se démonte pas : *Parce que tu crois que ça se voit à l'œil nu ce genre de pervers ? DSK, tu trouves qu'il avait la tête de l'emploi ?* Il acquiesce, promettant de se renseigner auprès de ses collègues. Estelle tapote nerveusement de ses doigts sur la table en bois. Elle se tait, lance la machine à laver la vaisselle et marche de long en large dans la cuisine. Quelque chose ne tourne pas rond.

À partir de quand peut-on parler d'habitude ? Lila estime le palier franchi alors qu'elle retrouve Antoine à l'angle du boulevard du Temple et de la rue Froissart. Imperméable bleu marine, sacoche à la main, téléphone portable collé à l'oreille, Antoine apparaît pourtant solaire. *Il a vraiment de l'allure*, s'emballe Lila alors que son amant marche vers elle au pas de course. Antoine ne l'embrasse pas mais, tout en poursuivant sa conversation et en faisant des signes pour lui dire d'avancer, il lui offre son plus beau sourire. Il est 15 heures, Paris digère.

Antoine et Lila se pressent jusqu'à l'immeuble, facile à repérer – un tag bleu ciel sur le porche rouge brique rappelle l'urgence climatique avec son « 2°C » entouré d'un cercle. Chaud devant. En appuyant sur le bouton de l'ascenseur, Antoine raccroche son portable et murmure un délicieux *Ça va ?* accompagné d'excuses préventives : *Je n'ai pas beaucoup de temps, je suis désolé, je dois être à 17 heures à l'Assemblée.* Arrivés au 3e, Antoine referme la porte de l'appartement d'un coup sec, colle Lila contre le mur, pose sa bouche sur son cou et sa main sous sa jupe patineuse, elle baisse la fermeture de son pantalon, il laisse tomber son caban sur le parquet et retire les lunettes de Lila, elle saisit son sexe, il lâche sa sacoche et la prend par la main, elle le suit jusqu'au divan, il l'embrasse. C'est là qu'elle perd pied, à chaque fois, quand ses lèvres se jettent sur sa bouche, que sa langue se mélange à la sienne, elle oublie tous ses plans.

Une demi-heure après leurs retrouvailles, Lila reprend son fil conducteur. C'est la dernière fois qu'ils se retrouvent comme ça, sans déjeuner ou dîner – avant ou après, sur ce point, elle n'a pas d'idée arrêtée. Que les choses soient claires, elle veut une relation, explique Lila pendant qu'Antoine se rhabille en vitesse – Antoine est un homme pressé. Une jambe en l'air pour enfiler son pantalon, il opine du chef. Il est d'accord, il ne discute même pas, il accepte. Lila avait pourtant une batterie d'arguments à lui opposer, ceux qu'elle avait ressassés tout l'été, convaincue qu'elle ne le gagnerait pas au premier hameçon. Elle sort son agenda – *Tu me dois un dîner*. En cherchant une date, Antoine promet des efforts mais il doit lui confier que les mois qui viennent vont être tendus. La législative approche, il ne peut pas se permettre d'échouer. Il va mettre le paquet pour faire une campagne qui marque les esprits. La cote de popularité du président se maintient à peu près, mais rien ne dit qu'une nouvelle vague Énergie et Liberté le porte en juin pour renouveler son mandat de député. Et puis Antoine vise plus haut : être bien réélu pour, enfin, se voir nommer ministre. S'il rate cette marche, c'est mort. Antoine a fait le tour du mandat de député. Il y retourne uniquement pour faire partie du gouvernement, agir sur le réel. Le ministère de la parole, très peu pour lui. Antoine veut tenir le gouvernail afin de changer la vie des gens. Lila éclate de rire : *Parce que tu crois que tu vas changer la vie des gens avec cette bande de vendus ?* Antoine se referme : *Et toi, tu crois que tu vas changer la vie des gens en manifestant dans la rue et en restant dans l'opposition toute ta vie ?* Lila lève les yeux au ciel, enfile sa jupe et se rappelle qu'elle n'a pas prévu de faire sa vie avec lui, même s'il faut bien avouer que l'idée fait sournoisement son chemin. Antoine va être en retard et pourtant, il la renverse sur le lit, prêt à recommencer ce qu'ils venaient de terminer. Lila se laisse faire, incapable de résister à son désir, puis ils se rhabillent à toute allure.

Antoine la quitte en lui pressant la main dans la rue – *J'ai besoin de toi.* Il n'en faut pas plus pour faire chavirer Lila. Antoine donne si peu de mots pour exprimer ses sentiments que chacun d'eux prend l'allure d'une grande déclaration. De retour sur la ligne 8, elle tente de se représenter mentalement un quotidien avec Antoine, une vie chimérique qui ressemblerait au repos de la guerrière. Lila aurait levé le pied sur ses activités militantes et pris le temps de travailler son

HDR[1] pour grimper dans la hiérarchie universitaire. Elle attendrait gaiement un deuxième enfant, une fille de préférence, préparerait pendant des heures des repas sophistiqués pour les invités, tirerait le fil de l'humaniste qui sommeille en Antoine. Avec Abel, Victoire et Jade, ils formeraient une famille moderne et heureuse. Lila se reposerait sur son épaule, Antoine finirait par rejoindre sa rive gauche.

Amandine avait raison, ce n'était pas si compliqué. Il suffisait de rêver un peu.

1. Habilitation à diriger des recherches.

À la pause déjeuner, Estelle se rend d'un pas ferme dans une librairie parisienne spécialisée dans les ouvrages féminins et féministes. Elle en franchit le seuil telle une affamée qui pénètre dans une pâtisserie. Ce n'est pas de la gourmandise qui la tenaille mais plutôt un appétit féroce à rassasier. Depuis que « Where I was touched » d'Emma Krenzer l'a plongée dans un passé enseveli, sous le corps de son oncle, elle a besoin de comprendre, d'apprendre. Au lieu de parler, elle veut lire. C'est sa façon de se sentir moins seule.

Ses yeux balaient les noms familiers : Doris Lessing, Simone de Beauvoir, Virginia Woolf, Annie Ernaux. Oui, Estelle connaît ces femmes célèbres mais elle n'a jamais ouvert un seul de leurs livres. Non, elle n'a rien lu. Viennent ensuite des titres dont elle a entendu parler, de loin. *La Servante écarlate*, oui, c'était une série, elle s'en souvient. *Backlash*, elle a souvent entendu l'expression sans savoir qu'une certaine Susan Faludi l'avait théorisée dans un essai. *Les Monologues du vagin*, bien sûr, une affichette de théâtre l'avait frappée par la crudité de l'énoncé. Son regard plane ensuite sur tous ces termes imprimés qui arrivent presque vierges dans sa tête : sororité, genre, patriarcat, queer… Des mots familiers sans être bien connus qui lui paraissent soudain dérangeants.

Estelle se sent épiée par une cliente qui n'a pas bougé depuis de longues minutes de la quatrième de couverture d'un livre, dans les tons jaunes, intitulé en anglais *Rage against the machisme*. Elle s'inquiète de ce qui cloche dans sa tenue, dans son attitude pour susciter des regards aussi méprisants, condescendants même. Estelle la scrute en retour, la dame au trench violet et aux lunettes pailletées se détourne et repose le livre dont la couverture représente une femme très XIXe siècle assumant placidement un bras d'honneur. Estelle est loin de chez elle, ce n'est pas son univers, elle a besoin de se répéter ce qu'elle fait là – elle est venue chercher des réponses à ses nouvelles questions. Pourtant, elle est incapable de demander un conseil de lecture. Estelle ne se voit pas expliquer à la libraire qu'en découvrant une performance artistique, elle vient de se remémorer l'agression sexuelle qu'elle a subie enfant et qu'elle a besoin d'ouvrages pour comprendre ce qui lui arrive. Si elle veut lire, c'est précisément qu'elle a du mal à en parler. Elle pourrait dire que c'est pour une amie, se faire passer pour une autre. Après tout, n'est-elle pas en train de devenir une autre ? À moins qu'elle ne devienne elle-même, ce qui reste une autre, tout cela n'est pas très clair.

La dame est partie, Estelle est seule dans la boutique. Le silence lui semble plus pesant que de se sentir épiée. Elle est face à l'immensité de tout ce qu'elle ne connaît pas, de cet univers pour lequel elle n'éprouvait pas la moindre curiosité, dont elle avait détourné le regard sans s'apercevoir à quel point c'était d'elle aussi qu'il est question.

Quand le nom de Pablo Zenan s'affiche sur son portable, Jeanne vient d'ajuster son soutien-gorge. Il est 8h20, même mal réveillée, elle y voit un présage, un homme qui tombe à pic. *Je viens seulement de lire l'interview d'Émilie Clark. C'est du lourd ! Hallucinant cette solidarité masculine… Vous allez réagir ?* Jeanne se dit qu'elle a eu raison de le garder sous le coude ce Pablo. Et ce d'autant qu'il est physiquement pas mal, avec son corps sec et musclé, ses cheveux en bataille et ses grands yeux noirs qui s'accordent à son insatiable curiosité. Jeanne attrape le carnet mauve planqué dans le tiroir de sa table de nuit sur lequel est écrit, en calligraphie rouge manuscrite : « Female are strong as hell[1]. » Jeanne mâchouille son crayon puis note : « 12 novembre. Pourquoi pas lui ? »

1. Les femmes sont diablement fortes.

II.

« Hé toi
Qu'est-ce que tu t'imagines ?
Je suis aussi vorace
Aussi vivante que toi »

Clara LUCIANI, « La grenade »

Hôtel de Lassay – 14 mars

Avec sa femme, celle qu'il a épousée, Antoine grimpe les quelques marches menant aux salons de la présidence de l'Assemblée nationale. Quelques giboulées de mars s'abattent sur ses épaules. Accrochée à son bras, Estelle souffle de soulagement en retrouvant le plat du ciment de l'escalier tant ses talons fins, hauts de six centimètres, ont peiné à affronter la traversée des vieux pavés suivis d'une cour de graviers. Avec des chaussures féminines, le sol de ce lieu de pouvoir se dérobe. C'est un détail qui pour Estelle désormais veut dire beaucoup. Dans le vestibule de l'Hôtel de Lassay, elle dépose son manteau à l'accueil pendant qu'Antoine lâche sa sacoche en cuir usé pour tomber dans les bras de Benjamin et Chloé, entrés au même moment par l'intérieur du bâtiment.

À 19h39, la salle grouille déjà de bruits, de confidences, de médisances. Les buffets sont aux couleurs de la République, du bleu, du blanc, du rouge, ça brille. De quoi fêter dignement cette fin de session parlementaire, la dernière du mandat. Les paris sont ouverts sur les perdants et les gagnants des élections législatives qui viennent, en juin. Les deux couples s'avancent dans le premier petit salon au gré d'embrassades et de sourires plus ou moins convenus. Benjamin glisse à l'oreille d'Antoine : *Sur ta droite, Mathieu en pleine discussion avec cet abruti de Patrick.* Deux pas plus loin, c'est Antoine qui chuchote à Benjamin : *Regarde ce con de Dubois, il a le bras cassé, bien fait pour sa gueule !*

Arrivée depuis une demi-heure, Jeanne s'apprêtait à sortir dans les jardins pour fumer sa Vogue quand elle aperçoit Antoine accompagné de sa femme – *Évidemment c'est elle, il a sa main dans la sienne.* Elle marque un temps d'arrêt. Depuis le réveil, elle n'a mangé qu'un petit pudding aux graines de chia, les bulles de champagne lui montent à la tête. C'est la première fois que Jeanne voit Estelle. Dans ses fantasmes, la femme d'Antoine se profilait en créature fatale au sort d'une tristesse effroyable. Un être paradoxal qu'elle n'avait jamais envié mais plutôt plaint de toutes ses forces. Une vie avec Antoine ne doit pas être une sinécure, et le quotidien d'une femme trompée lui inspire une forme de pitié. Et puis Jeanne et Antoine, c'est une histoire qui se conjugue au passé. La dernière fois qu'elle a couché avec lui, c'était il y a trois ou quatre mois. Depuis qu'elle a claqué la porte de l'hôtel à Montpellier, sans prévenir, vers une heure trente du matin, pendant qu'Antoine prenait une douche, leur relation s'est détériorée. Aussi étrange que cela puisse paraître, Jeanne a supporté qu'il la traite comme une femme de seconde zone, mais pas qu'il évite la confrontation sur l'affaire Drevon. Accoutumée depuis l'enfance à ce que l'on ne prenne pas soin d'elle, elle sait endurer le peu d'attention d'un homme. En revanche, cette lâcheté teintée de mépris pour la cause féministe lui est insupportable. Elle a fui, mue par la défense d'une autre plutôt que d'elle-même. Antoine n'a pas compris, il semblait abasourdi, blessé dans son amour-propre. Il a d'abord choisi d'ignorer Jeanne après son geste *incompréhensible, disproportionné, violent même*. C'est sûr, s'était dit Jeanne, *c'est moi la violente, et pas Drevon*. Puis, quelques semaines plus tard, il a tenté de remettre le couvert. Jeanne a craqué, une fois, peut-être deux, mais la force d'attraction d'Antoine s'est dissipée avec son silence, sa faiblesse coupable sur un sujet majeur, viscéral pour elle.

Quand Jeanne aperçoit Antoine au bras de sa femme légitime, il lui est donc bien difficile d'admettre ce vilain défaut, son attachement persistant pour lui, ce sentiment dévalorisant, en un mot la jalousie qui la traverse soudainement. Pourtant, ses joues ne trompent pas, elles se réchauffent. Son mental s'agite. Jeanne est piquée au vif. Elle sort dans les jardins, allume sa cigarette mentholée en ruminant sa première impression, une forme de décalage entre cette épouse fantasmée en beauté froide qui en jette, dompteuse de l'animal, capable de le tenir, de le retenir, et ce qu'elle a perçu d'Estelle, de la douceur et de la fragilité, une femme tout en rondeurs, à l'allure discrète et empathique. Jeanne lève les yeux au ciel pour retenir une émotion qu'elle a du mal à identifier mais qui est à deux doigts de la déborder. Elle observe le ciel saturé de voiles de pollution en tirant nerveusement une taffe. L'idée de devoir lui serrer la main, de lui faire face, de lui parler, la bouleverse. Jeanne sait que la rencontre n'aura pas lieu, elle ne peut être qu'empêchée, malhonnête, pétrie de rivalités. La sororité aurait donc ses limites, se lamente Jeanne en écrasant son mégot dans une plante qui n'avait pas prévu de faire cendrier. Personne n'est parfait.

Campée devant les mini-gaufres aux écrevisses, les œufs de caille en croûte d'herbe et autres foies gras sur pain d'épice, Estelle a déjà sa dose de la conversation de Chloé qui a commencé par un compliment sur son nouveau blazer – *Tu l'as trouvé où ?* – et se poursuit sur les derniers épisodes de la crise d'adolescence de son fils. Son cerveau désormais abreuvé de lectures sur le genre pense qu'il *s'en bat les ovaires*. Estelle voudrait pouvoir lui parler de ce qui la concerne, de ce qui la travaille, de ce qui la touche en ce moment mais les mots ne viennent pas. Pas ici. Pas avec elle. Estelle scrute l'environnement en élément extérieur, en étrangère. Depuis qu'elle consulte madame Serein et qu'elle a mis des lunettes féministes, elle se regarde agir, penser, se mouvoir. Il lui semble que son attitude n'a pas changé, pas encore, pas déjà, mais sa perception d'elle-même – et du reste –, si. D'ailleurs, que fait-elle là ?

Le brouhaha bourdonne dans sa tête quand Estelle se rapproche d'Antoine et Benjamin, échappés à quelques mètres. Les deux hommes ont rejoint un groupe de collègues et collaboratrices. En une fraction de seconde, Estelle remarque ce qu'elle n'a jamais observé jusqu'ici, alors que *c'est visible comme le nez au milieu de la figure* : ce sont des députés d'un âge mûr et de jeunes assistantes parlementaires. La différence des sexes corrélée à l'écart d'âge lui saute au visage. Pendant ce temps, Antoine fait le show, menton relevé, verbe haut – *Un vrai coq*, se dit Estelle. Quant aux assistantes, elles semblent collées les unes aux autres comme on se serre les coudes. L'une d'elles agite le bras en hélant une collègue qui revient du jardin. Hésitant à répondre à l'appel, Jeanne baisse les yeux en direction de ses chaussures, elle aurait dû mettre ses noires à lacets et pas ces bottes rouges. D'ailleurs, elle ne sort jamais cette paire de son placard, elle se demande même quelle mouche l'a piquée quand elle les a achetées car elles lui écrasent les pieds, créant une tension au niveau du gros orteil, notamment à droite. Pourquoi a-t-elle voulu faire la maline ce soir avec ces chaussures hyper colorées qui la surélèvent ? À cet instant, elle a envie de passer inaperçue, de se fondre dans la masse, de s'enfoncer dans les sous-sols – il paraît d'ailleurs qu'il y a une merveilleuse cave à vin ici –, mais elle s'avance machinalement vers son amie.

Voici Jeanne, la collaboratrice de Gaël Sernan, annonce Benjamin avec bonne humeur, toujours soucieux de mettre tout le monde à l'aise, surtout s'il s'agit d'introniser une collaboratrice de l'opposition. Et puis Benjamin veille constamment au grain pour protéger Antoine – la confrontation entre sa femme et l'une de ses maîtresses doit passer inaperçue, il entend en tout cas y contribuer, en fidèle confident. Au nom de *Jeanne*, Estelle sent un léger vertige la traverser de haut en bas, à moins que ce ne soit de bas en haut, c'est allé vite. Elle épie la collaboratrice en se rembobinant le film de sa crise de jalousie – *La jeune femme au petit haut blanc à boutons ?* C'est elle, Estelle en est sûre, le prénom en donne une indication mais ce que dégage Jeanne ne lui laisse aucun doute. En un coup d'œil, elle peut dire sans hésiter que *c'est complètement le genre de femme d'Antoine*. Élégante, des yeux rieurs, de longs cheveux chutant sur ses petits seins – *Que voulez-vous, mon mari a toujours aimé les petits seins*, constate intérieurement Estelle avec un détachement qui la sidère. Elle s'arrête sur les longues et fines mains de Jeanne qui se terminent par un vernis violet, d'un goût qui lui échappe. Même si elle ne l'imaginait pas si jeune, elle reconnaît immédiatement dans Jeanne cette alchimie du solaire et de la timidité qui a toujours attiré Antoine. Estelle le sent, le sait : cette Jeanne a été – ou est encore – la maîtresse de son mari. Les deux corps se sont entremêlés dans son dos, c'est l'évidence. Estelle tient sa réponse à la question de sa psychanalyste qui l'a tant consumée : si elle pense que son mari la trompe, c'est parce que son mari la trompe, *comme tous ces hommes ici, à qui leur compagne ne suffit pas, qui ont besoin de mesurer leur puissance au nombre de femmes qu'ils possèdent et qui ne voient pas pourquoi ils résisteraient à tant de tentations, avec cette armada d'assistantes qui ont l'air de n'attendre que ça. Pour tenir dans ce monde de brutes, il doit falloir jouir pour oublier, décompenser, avant de rentrer chez soi puiser la tendresse et la sécurité affective qu'ils ne risquent pas de trouver dans ce panier de crabes.* Les pensées d'Estelle s'éclairent d'un seul coup, elle raisonne à la hache. Elle n'est pas en colère, simplement traversée par une vague de dégoût et une volonté de comprendre ce qui lui arrive, ce qui leur arrive, aux femmes. La solitude s'éloigne, elle se sent embarquée dans une histoire collective qui la dépasse.

Alors qu'Estelle ne lâche pas Jeanne du regard, Antoine a le nez rivé sur son portable. Puis il tourne le dos, il a pris un appel. C'est Lila. Elle est en vrille. D'ailleurs, elle hurle si fort dans le téléphone qu'Antoine est obligé de s'échapper en coup de vent dans une antichambre des salons. C'était la cinquième fois que son numéro s'affichait, il ne pouvait plus laisser filer. Antoine ne veut pas la perdre. Comme il ne voit pas d'autres manières de la stopper dans son élan acrimonieux, il l'arrête d'un ton ferme, *Ce n'est pas le moment là*, il ne peut pas lui parler, il n'a pas le temps, il est à une réception à l'Assemblée avec sa femme. Lila continue de plus belle, montant d'un cran pour arriver au volume maximum – *Non mais je suis quoi pour toi ? Tu penses que ça peut continuer comme ça pendant des siècles ? Tu me poses un lapin, tu t'excuses juste par texto et tu crois que je vais te dire* merci mon chéri *? Tu te fous de ma gueule ? Moi aussi j'ai une vie, tu y as pensé ?* Elle ralentit le débit : *Antoine, je ne suis pas un paillasson, je ne suis pas une femme qu'on peut traiter comme la dernière roue du carrosse...* Pendant que Lila crache sa bile à l'autre bout du fil, les raisons de son attachement à elle se bousculent dans la tête d'Antoine. Il pense aux barrières qu'il a minutieusement construites avec ses maîtresses successives et qui s'effondrent avec Lila les unes après les autres, à une vitesse qu'il ne maîtrise pas et qui le stupéfie. Antoine n'arrive même plus à couper le week-end. Se passer de leurs échappées qui démarrent par une pulsion sexuelle dévorante, se terminent à table – conformément à l'oukase de Lila auquel il s'est plié sans broncher – et se poursuivent par un flot d'échanges de messages, de 7 heures du matin à minuit, lui paraît désormais impossible. Lila a envahi toute sa fantasmagorie. Il voudrait que leurs discussions ne s'arrêtent jamais tant elles le stimulent intellectuellement et l'aident à évoluer habilement dans sa faune politique. Il ne voit pas comment il pourrait se passer de son esprit de contradiction et de leur complicité. Il se livre à Lila comme rarement. Avec elle, il ose exprimer ses doutes comme ce qui le blesse, et il sent bien la dimension inédite, si précieuse, de ce dialogue.

À la seconde où elle lui raccroche au nez après un *bonne soirée et je t'emmerde !*, Antoine voudrait lui dire combien elle compte pour lui, qu'il n'est pas toujours adroit mais qu'il l'aime, oui, il aurait presque pu lui dire pour la première fois qu'il est fou d'elle, ça aurait pu lui échapper, parce qu'il a besoin d'elle, il adore sa sensualité, sa langue douce et ferme, ses fesses en forme de cœur, et sa façon de lui tenir tête, de s'opposer à lui, ça le fait progresser, il le sent, même s'il n'en a pas l'habitude, curieusement ça le rassure, il voudrait réussir à la voir tellement plus souvent, elle lui manque au point que sa relation avec Estelle en est affectée, il n'a même plus envie de la toucher, c'est la première fois que ça lui arrive, il sent bien qu'il pourrait basculer, quitter sa femme. Sans l'avoir encore dit à Lila, il fantasme une vie avec elle, se projette même père d'un nouvel enfant, un garçon, il aimerait tant avoir un garçon, mais là, il est débordé avec sa campagne législative, il voulait la rappeler, malheureusement il n'a pas une minute à lui, ce n'est pas facile en ce moment, le climat politique n'est pas stabilisé, et s'il n'est pas réélu, il ne pourra pas être ministre, et il faut qu'il soit ministre parce que sinon, il ne sera jamais président de la République. Est-ce qu'elle peut comprendre ?

Benjamin pose la main sur son épaule – *Ça va ?* Antoine respire un bon coup, bredouille sans conviction *Tout va bien* puis replonge dans la fournaise de la réception. En s'avançant vers le buffet, il croise Jeanne qui part se réfugier un peu au calme, elle n'est pas dans son assiette. Antoine la trouve distinguée, il l'a toujours considérée comme très attirante. Il n'a pourtant pas le cœur à lui dire que ses bottes rouges sont *vraiment super sexy*, bien qu'il le pense très fort. Jeanne le salue puis trace sa route vers les toilettes. Pourquoi Antoine est-il si froid ? Sans doute parce que sa femme est à quelques mètres. Il faut vraiment qu'elle fasse le point avec elle-même. Dans l'un des grands éviers, Jeanne se frotte les mains de façon maniaque, en remettant trois fois du savon. Ce miroir qui lui fait face l'insupporte. Elle se découvre un gros point noir sur son nez, il ne manquait plus que ça.

Un verre de rouge à la main, et dans l'attente impatiente de son effet apaisant, Antoine se joint à la conversation de cinq ou six vieux briscards engoncés sur des divans verts style Louis XV. Entre députés de la Gauche moderne, d'Énergie et Liberté et de l'Alliance rouge et verte, ils écument leur passé de syndicalistes étudiants. *Vous vous souvenez de la théorie du Castor ?* lance l'un d'eux. Antoine se marre – *C'est quoi cette connerie ?* Benjamin et lui se sont toujours moqués du ton et des manières de ceux passés par la Fédération des étudiants réunis, la fameuse FER – très puissante à l'époque, celle de leur jeunesse. Un autre député, si bedonnant que le dernier bouton de sa chemise a sauté, donne un coup d'épaule dans le dos d'Antoine : *Ben alors, on t'a pas appris ça à l'ENA ?* Puis il se met à chanter :

J'ai pas peur des petits minets
Qui mangent leur ronron au Drugstore
Ils travaillent tout comme les castors
Ni avec leurs mains, ni avec leurs pieds

Les éclats de rire résonnent dans toute la salle de réception. Avec son bel accent du Sud-Ouest, l'un des anciens syndicalistes donne la traduction explicite : *On construisait la relation par la queue.* Les députés avachis rient de plus belle, l'un d'entre eux tape à nouveau dans le dos d'Antoine qui avoue ne pas trouver la théorie très claire – *Ce sont vraiment les paroles de Dutronc ?* Un autre encore acquiesce et se délecte en complétant : *Faire le tour des fédérations pour coucher avec des filles et s'assurer leur vote, tu vois le truc ?* Au milieu de ses confrères pliés en deux, Antoine esquisse un sourire, façon policée de rester inclus. *Attention, les filles aussi couchaient avec les mecs pour bétonner les résultats,* précise Frédéric Alberghi, ancien président de la FER. Et il ajoute : *Vous vous souvenez de Rebecca ?* Hilare, verre de whisky vacillant à la main, le député de Toulouse rétorque : *Évidemment ! Elle en a sucé des bites, celle-là !*

Est-ce le mot « bites » qui a attiré son attention ? La députée d'Alliance rouge et verte, Émilie Clark, se retourne vers le groupe aux rires gras et bruyants – *Vous parlez de quoi, là ?* Député de l'Essonne depuis trois mandats, Frédéric Alberghi répond du tac au tac qu'ils faisaient le point sur la loi de bioéthique. Le groupe se met à rigoler plus fort encore mais Émilie Clark ne se sent pas d'humeur *à se les farcir*, elle tourne les talons. Le député à la tenue débraillée s'empresse de commenter, à voix basse : *C'est sûr, ce n'est pas elle qui aurait fait le boulot, dans le genre frigidaire mal baisé…* Antoine ne veut pas, ne peut pas laisser passer. Non pas qu'il aime bien Émilie Clark, il l'a toujours trouvée insupportable avec ses leçons de morale et son art de la distance glaciale. Mais on ne parle pas en ces termes d'une députée, d'une femme, il en est convaincu – *Arrête les clichés Fred, la féministe mal baisée, c'est vraiment vu et revu.* Son interlocuteur avale une nouvelle gorgée de whisky et embraye sur la campagne présidentielle qui bat son plein. Rapidement, les anciens camarades s'engueulent, chacun défendant son candidat, puis ils tombent d'accord sur la menace tangible d'une extrême droite en tête, aux portes du pouvoir. La conversation baisse de quelques décibels avant de repartir à la hausse, les uns accusant les autres, et réciproquement, de faire le jeu du Patriotisme national (PN). Ici, personne ne convaincra personne, le ton peut monter, tout le monde sait que l'affaire se résoudra ailleurs, à la tribune, à la télé et surtout dans les urnes.

Pendant ce temps, en compagnie de sa nouvelle assistante, Manon, qui ne la quitte pas d'une semelle, Émilie Clark s'est approchée de deux députées d'Énergie et Liberté postées à l'autre bout de la salle. Repoudrée en sortant des toilettes mais toujours aussi embrumée, Jeanne s'immisce dans leurs échanges. Avec des gestes brusques et un timbre de voix instable, l'une raconte la fin, toute fraîche, de son histoire avec Frédéric Alberghi. Elle a été nommée rapporteure pour un texte législatif qui lui tient à cœur, une loi sur l'économie verte. Une victoire dans son groupe où les femmes se retrouvent souvent avec les rapports les moins intéressants, quand elles arrivent à en obtenir un. Le soir de sa désignation, elle a dîné avec Frédéric, comme toujours *centré sur son nombril*, enchaînant en flux tendu sur ses difficultés politiques, obsédé par son avenir. Elle a dû encaisser, alors qu'elle espérait partager sa réussite et sa joie, aucun compliment, aucun intérêt n'est venu de cet illustre parlementaire, ancien ministre aspirant à le redevenir – *J'aurais aimé un mot sympa, une attention, des chocolats, un cactus, n'importe quoi ! Mais rien, rien n'est arrivé !* La suite était dans les journaux people, le célèbre élu l'avait quittée pour une actrice en vogue, nettement plus jeune comme on l'imagine.

L'autre députée d'Énergie et Liberté prend le relais en déballant sa situation. Elle en a ras le bol d'être célibataire, *mais alors vraiment ras le bol.* D'ailleurs, elle a cessé de dire dans les soirées qu'elle est députée, *sinon les hommes partent en courant.* Jeanne et Manon en restent figées. La députée confirme de façon formelle : si elle révèle son statut de députée, ils rebroussent chemin. Jeanne compare avec les hommes députés dont le pouvoir de séduction est, sans aucun doute, décuplé par leur fonction. Une situation totalement asymétrique. La députée en est arrivée à la même conclusion, c'est pourquoi elle ment sur sa fonction en évoquant du travail parlementaire sans précision, ce qui laisse entrevoir un poste d'assistante, apparemment plus érotisant aux yeux des hommes qu'une position d'élue, symbolique de pouvoir. Elle n'avait pas anticipé une seule seconde que son célibat aurait durci avec son élection. Manon voit l'effet aphrodisiaque des assistantes sur les députés et réciproquement – même si elle a pour finir renoncé aux avances de Guillaume Harvey, vraiment *trop réac* à son goût. En revanche, elle avoue qu'elle ne s'était jamais penchée sur le cas des femmes députées, ni sur celui des collaborateurs masculins. D'ailleurs, aucune histoire entre une élue et un assistant ne lui vient en tête.

Après avoir partagé ce constat désolant, les cinq femmes marquent un silence. Une génération sépare Jeanne et Manon des trois députées mais elles se trouvent toutes devant une part de mystère. Fidèle à elle-même, Émilie Clark n'enchaîne sur aucune confession personnelle, elle conclut la conversation par une tirade un peu clinique : *En fait, c'est complètement normal, le pouvoir est un attribut masculin. Nous sommes historiquement et culturellement du côté de la passivité. La dualité sujet/objet recouvre celle du masculin/féminin et là, elle produit son effet. En fait, si on sort de notre rôle de dominée, on perd notre attrait sexuel. Bon mais*, lâche-t-elle pour finir, *je ne pensais pas qu'on en était encore là quand même...* Jeanne se demande à quoi peut bien ressembler sa vie sentimentale. D'elle, on ne sait rien. Aucun amant ne lui est prêté, personne ne connaît son compagnon, si elle en a un. Dans l'esprit de Jeanne, Émilie Clark maîtrise sa vie amoureuse. On sait juste qu'elle n'a pas d'enfants. Peut-être est-elle lesbienne ? Jeanne n'osera jamais lui poser la question. En revanche, de l'affaire Drevon, elle peut lui en parler.

Émilie Clark ne se fait pas prier : elle a eu la femme de Drevon au téléphone ce matin même. Il continue de la harceler, c'est inquiétant, très inquiétant. Inès Drevon multiplie les allers-retours à la gendarmerie pour déposer des mains courantes, un jour parce qu'il a défoncé l'entrée de la cave pour pénétrer dans sa maison, un autre parce qu'il a résilié son abonnement au gaz, un autre encore en raison des vingt sacs de sable qu'il a fait livrer chez elle. Émilie Clark veut en découdre – *Imaginez qu'il lui arrive quelque chose ?* Jeanne lui assure que Balance Ton Député est prêt à se joindre à toute action qui lui semblera opportune. Oui, il faut agir, et vite. Émilie Clark a prévu de rencontrer Inès Drevon avec Manon, et ce serait parfait d'être accompagnées d'une représentante de l'association. Elle n'est pas sûre d'y arriver avant l'élection législative mais elle est déterminée à s'entretenir avec la femme de ce sinistre individu. Ensemble, elles pourraient ensuite organiser une conférence de presse. Émilie Clark espère qu'elles n'arriveront pas trop tard. En attendant, elle ne manque aucune étape de l'affaire et rédige systématiquement des communiqués de presse d'alerte. Elle est convaincue qu'il faut interpeller plus fort l'opinion, cette histoire n'a pas encore eu l'audience qu'elle exige. La députée en est certaine, seule la pression médiatique permettra de réinscrire la question à l'ordre du jour du bureau de l'Assemblée, de secouer l'institution.

À 21h52, Pascal Drevon fait son entrée. Estelle le repère tout de suite, elle l'a googlisé. Elle est frappée par l'aisance du personnage qui, toute honte bue, s'avance dans les salons comme s'il était chez lui. D'ailleurs, il reçoit les saluts aux allures fraternelles. Quand Drevon s'approche du buffet, Estelle voit l'une des serveuses se pencher vers l'autre. Elle est certaine qu'elles parlent de lui, qu'elles l'ont repéré. En réalité, Sylvie rapporte à sa collègue qu'un député, dont elle ne connaît pas le nom, ne l'a même pas remerciée alors qu'elle ramassait les morceaux de son verre explosé sur le parquet. Elle était à ses pieds en train d'estomper les traces d'alcool, de collecter les bouts brisés, de se faire mal au dos parce qu'elle a les reins cassés avec ce *boulot à la con*, et il continuait sa conversation, comme si elle était transparente. Elle n'a rien dit mais elle n'en pensait pas moins. Depuis, elle rechignait à sourire. Tous les « merci » qui ne lui avaient pas été adressés remontaient à la surface. Et elle trépignait de savoir si *les grands de ce monde* auraient fini leur soirée à temps pour qu'elle puisse attraper le dernier RER. Sa collègue Nora n'avait pas l'air de se sentir concernée. Toute jeune, elle débutait dans le métier et vivait comme une chance de travailler à l'Assemblée nationale – *Ça doit être pour ça*, se dit Sylvie. Ce soir, Nora ne rêve que d'une chose : servir le député Polin. Elle est fan, elle l'a vu à la télévision dénoncer les crimes d'État du 17 octobre 1961 contre les Algériens, elle le trouve terriblement séduisant. Or, pendant que Sylvie lui fait remarquer qu'il a voté pour la loi ayant réduit en miettes le code du travail, Antoine fonce vers le buffet. Nora prend sa plus belle pose. Malheureusement, le député la regarde à peine, juste le temps de récupérer un verre plein, il s'est replongé dans son portable pour écrire et réécrire son message à Lila – il ne faut pas monter dans les tours, il l'appellera demain, il l'aime, il a hâte de la voir, il fait ce qu'il peut depuis trois mois, il dort quatre heures par nuit, sa vie est un enfer, entre sa campagne législative et l'animation d'un atelier programmatique pour la présidentielle, il est mort de chez mort, il est désolé, vraiment désolé. Antoine se demande combien de fois il a écrit ce mot à une femme, il faudrait qu'il pense à développer son vocabulaire. Trop tard, le message est envoyé. En balayant du regard la salle de réception, il aperçoit Jeanne avec Pablo Zenan, ce jeune assistant du groupe Gauche moderne, dont il a déjà entendu parler pour son intelligence remarquable derrière une apparence un peu terne. D'où lui vient cette impression que tout lui échappe ce soir ?

Pablo a entrepris Jeanne sur les derniers rebondissements de l'affaire Drevon, il espère tellement qu'il y aura des suites. Il enchaîne en la questionnant sur ses projets de vie, Jeanne confie qu'elle dessine et rêve d'être publiée un jour – *Ce serait génial !* Pablo la branche enfin sur le dernier essai de Pierre Charbonnier, le nouveau pape de l'écologie politique – *Ce livre est une bombe.* Il la prend vraiment au sérieux, pour quelqu'un, quelqu'une, *pas une blonde*, et Jeanne doit bien reconnaître que ce n'est pas désagréable. Mais Pablo est libre, il a son âge, il est bel homme, c'est trop facile. Pourquoi faire simple quand on peut faire compliqué ? En se posant la question, Jeanne trouve la réponse, pour cette nuit en tout cas : c'est d'accord, elle va cesser de le faire mariner, elle finira la soirée dans son lit. Pour voir.

À quelques mètres, Antoine sursaute en sentant Lila vibrer dans sa poche – *Très bien, je viens te chercher à l'Assemblée, j'arrive dans 30 minutes.* Enfer et damnation, *elle est complètement cinglée*, enrage Antoine en regardant l'heure, 21h58, il est temps de partir. Il ne va pas trop mentir – *On se parle demain matin, je suis déjà dans le taxi, je t'embrasse fort* – puis il éteint son portable, il ne supporte plus la pression, il a envie de se coucher, là, maintenant, de s'écrouler et après, on verra. Il sent une douleur dans le thorax, puis dans le crâne, quelques vertiges. Il s'accroche au coin de la table, reprend une gorgée de vin puis ses esprits. Où est passée Estelle ?

Avec Émilie Clark, Estelle a trouvé l'accroche : Pascal Drevon. Le prétexte pour l'aborder était simple, il suffisait de lui apporter tout son soutien dans la bataille qu'elle avait engagée. En tant que femme de député, Estelle se sent très concernée par le sort d'Inès Drevon. Et d'ailleurs, elle voudrait parler à Émilie d'un projet professionnel qui pourrait l'intéresser, elle cherche des relais dans les réseaux féministes. L'une de ses riches clientes veut faire rayonner une œuvre d'art sur les violences sexuelles. Émilie Clark voit très bien le dessin en question. Estelle confie que Madeleine Piaget a été violée à l'adolescence par son professeur de piano. Elle a aujourd'hui quatre-vingt-trois ans, elle n'en avait jamais parlé jusque-là, *c'est fou les effets de la vague #MeToo*. Émilie Clark acquiesce avec indolence, elle connaît par cœur les mécanismes du silence, la mémoire tronquée et tout ce qui s'ensuit. Elle lui suggère de s'adresser à Jeanne, qui est juste au fond de la salle à droite avec son assistante Manon, elle est sûre que Jeanne pourra l'orienter, c'est l'une des militantes de Balance Ton Député, elle sera de bon conseil.

Estelle s'approche et Jeanne ne peut s'empêcher de rougir en se disant que cette soirée n'a vraiment ni queue, ni tête. Une histoire d'œuvre d'art maintenant. Jeanne ne veut pas du tout se sentir reliée à Estelle mais la mise à disposition du dessin d'Emma Krenzer pour une manifestation, c'est intéressant, elle est bien obligée de considérer la proposition. À vrai dire, elle ne voyait pas du tout Estelle en agent de la cause féministe. Jeanne a dû boire trop de champagne, elle ne sait plus où elle habite. Et ce Pablo qui l'attend ostensiblement dehors pour fumer, rien ne va plus. Bien sûr, elle va laisser son numéro de téléphone à Estelle qui se chargera de la recontacter, comment pourrait-il en être autrement ?

C'est l'heure, Estelle cherche Antoine, maintenant qu'elle a obtenu de cette soirée bien plus qu'elle n'en espérait. D'ailleurs, la réception est clairsemée et son mari qu'elle aperçoit au loin a l'air au bout de sa vie, ce n'est pas son genre.

TGV Rennes-Paris – 12 avril

Antoine ne tenait plus, il a pris un départ de Rennes à 12h04 et un retour de Paris à 16h17. C'est absurde mais il veut la voir, la toucher, l'embrasser. Même une heure sur place, tant pis, ce sera trop peu mais tellement mieux que rien. Antoine a besoin de cette fugue. Lila lui manque, il brûle de la tenir dans ses bras, de la dévorer, de se voir dans son regard, de la sentir à lui, rien qu'à lui. Ces semaines à battre la campagne sont d'une telle densité qu'il n'a pas le temps de souffler, pas assez de fenêtres pour la voir même s'il en rêve. Il passe la moitié de ses journées à régler les conflits internes de son collectif militant à Rennes qui s'exacerbent pour des raisons qu'il estime plus personnelles que politiques, c'est éreintant. Pour éviter tout accident électoral, Antoine assure. Les sondages sont au beau fixe pour Chavert, qui devrait l'emporter le 9 mai prochain. Mais sait-on jamais ?

Quant à sa circonscription, s'il a gagné avec six points d'avance au second tour la dernière fois, elle est historiquement ancrée à gauche, il faut se méfier. Antoine sait qu'il doit donner de sa personne. L'échec n'est pas une option. Il se déploie avec une détermination sans faille pour arracher la victoire. Ce matin, à 5h30, il rédigeait une note sur la réforme de la fonction publique pour le prochain débat présidentiel et à 8h10, il allait à la rencontre des habitants devant une école avec son tract « pour un choc de compétitivité », peaufiné jusqu'à deux heures du matin la semaine dernière – il avait dû reprendre de A à Z la proposition de son équipe, *mal structurée, trop bavarde,* le mettant *insuffisamment en avant.* Ce soir, à 18h30, il réunira son comité de campagne avant de rejoindre, vers 21 heures, le « banquet annuel des seniors ». Entre les deux, emporté par une urgence vitale, il s'échappe.

Dans le train qui le conduit vers Lila, Antoine n'arrive pas à se concentrer sur la tribune qu'il rédige en défense du nucléaire – le président Chavert est attaqué pour sa volonté de développer les centrales, il veut l'aider et saisir toutes les occasions de faire oublier son pas de côté sur l'immigration. Dans son wagon de première classe presque désert, le député sort son sandwich au thon, le troisième de la semaine, il sature, il aurait dû acheter un poulet/crudités. Seul le muffin aux fruits rouges lui fait envie, d'ailleurs il en a pris deux. Antoine ouvre sa canette de soda en posant son regard sur la campagne déserte qui défile à grande vitesse.

Ce n'est pas le paysage qui le happe mais Lila et Estelle, ou Estelle et Lila. Les deux femmes se superposent dans son esprit. Dans ce rare moment de solitude, le temps d'un trajet, Antoine voudrait mettre de l'ordre dans ses sentiments, prendre du recul, se poser. Oui, il aimerait cesser d'être entraîné dans sa passion pour Lila et la chute avec Estelle. Ne pas maîtriser sa vie sentimentale lui est insupportable. Antoine tente de rationaliser, de peser le pour et le contre. Quitter sa femme serait un terrible arrachement, et se séparer de Lila, une déchirure insupportable. Sa vie de famille avec Estelle, c'est le confort et la stabilité, et Lila, une nouvelle jeunesse. Antoine aimerait s'en remettre à cette comptabilité mais, même en rationalisant, *c'est compliqué*. Rien à faire, il est écartelé. En attendant, l'une se dérobe jour après jour, l'autre s'accroche de plus en plus au fil des semaines. Antoine est emporté vers Lila, il le sait, elle a éclipsé les autres femmes.

Antoine se sent comprimé, une douleur monte dans sa poitrine. Alors qu'il ferme les yeux en se massant le bras gauche, son portable se met à vibrer sur la tablette du siège avant. Le directeur de campagne de Chavert s'impatiente – *Tu as fini ta tribune ? Il faut qu'on l'envoie vite à* L'Horizon. Antoine tient son premier paragraphe mais son esprit s'est échappé au deuxième. Il inspire fort, se redresse, rouvre son ordinateur et regarde sa montre – il lui reste cinquante-deux minutes pour terminer. S'il veut accéder à la marche suivante, être nommé ministre, Antoine se répète qu'il doit obtenir l'onction du suffrage universel aux législatives et démontrer sa fiabilité au président et à la direction d'Énergie et Liberté.

Antoine se ressaisit, le reste attendra.

Cabinet de madame Serein, Paris 16e – 13 avril

Une fois n'est pas coutume, Estelle entre d'un pas décidé, elle sait *par quoi commencer*. Avec une énergie dont elle ne se croyait plus capable, elle jette son sac à main sur le divan. Le plaid se froisse, elle le remet en ordre avant de prendre place sur le rebord du siège réservé aux patients. Madame Serein note immédiatement une expression qu'elle ne lui connaissait pas. Même les cheveux d'Estelle ne sont pas en ordre. Dans son fauteuil de cuir bleu installé devant une étagère en bois remplie de bibelots, madame Serein lui adresse un sourire, manière de dire *je vous écoute.*

Estelle raconte l'épouvante suscitée par la découverte des scarifications de sa fille. Hier, elle a ouvert la porte de sa chambre juste au moment où Jade enlevait son tee-shirt. Sur son bras droit, le mot DEAD était écrit à l'aide d'une lame de rasoir. Estelle a hurlé – *Mais ça va pas la tête!* Incapable de se calmer, elle a crié, tonné. Estelle aurait dû parler à sa fille avec calme, chercher à comprendre son geste, et pourtant elle a été dépassée, elle s'est laissée emporter par sa propre réaction. Jusqu'ici, les manches longues de l'hiver avaient masqué le carnage. D'autres traces plus anciennes de scarifications au compas émaillaient ses deux bras. Quatre traits d'automutilation, le sang séché, elle était horrifiée. La peau violentée de Jade, la chair de sa chair, qu'elle avait portée dans son ventre, allaitée, protégée de toutes ses forces, c'était irréel. Après avoir retrouvé quelque peu ses esprits, elle a essayé de dialoguer mais Jade s'est enfermée dans le silence, incapable d'expliquer son geste autrement que par des *Ça va, ce n'est pas la mort* ou encore *Fous-moi la paix*. Un peu plus tard dans la soirée, Estelle a tenté de joindre Antoine qui ne répondait pas – de toute façon il ne répondait plus de grand-chose, il était totalement happé par sa campagne électorale, plus rien ne semblait avoir d'importance. Ce matin, quand elle l'a eu au téléphone, son mari a relativisé, ne voyant dans sa fille scarifiée qu'une expression de l'adolescence, il n'y avait pas lieu de s'inquiéter. Jade était une enfant privilégiée, aimée, elle n'avait manqué de rien, tout allait rentrer dans l'ordre, croyait-il, alors qu'Estelle se sent démunie, n'arrivant pas à raisonner tant elle est débordée par son émotion et son incompréhension. Elle ne s'est jamais sentie aussi seule, sans doute parce qu'elle a désormais intériorisé l'absence d'Antoine quand, autrefois, elle cherchait toujours à le ramener dans l'espace familial, la plupart du temps avec succès.

Madame Serein, impassible, attendait un blanc dans le monologue d'Estelle pour poser sa question : *C'est la première fois que je vous sens en colère. Est-ce parce qu'en général vous n'en ressentez pas ou alors parce que, d'habitude, vous n'arrivez pas à l'exprimer ?*

Angle de la rue de Miromesnil et de l'avenue de la Boétie,
Paris 8ᵉ – 25 avril

Antoine demande au taxi de l'arrêter. Il n'est pas tout à fait arrivé à destination mais, au bord du malaise, il a besoin de prendre l'air. Antoine claque la porte de la voiture, prend appuie sur une rambarde et cherche dans les derniers appels le numéro de Lila. De si bonne heure – 7h23 –, il prend le risque de la réveiller. Deux sonneries, elle décroche. Branchée sur une radio d'info, elle sursaute dans son lit – *Lila, je me sens mal, mon cœur bat à toute allure depuis que j'ai descendu les escaliers chez moi, je suis en sueur.* Souffle haletant, Antoine a la voix faible. Lila se redresse d'un bond, appuie sur l'interrupteur de sa lampe de chevet, demande des précisions – *Qu'est-ce qu'il t'arrive Antoine?* Il répète qu'il a mal dans la poitrine, il a des palpitations – *Je ne sais pas quoi faire.* Lila ne comprend pas – *Il faut aller voir un médecin au plus vite, ou au moins trouver une pharmacie.* Antoine ne peut pas, il n'a pas le temps, dans sept minutes commence la réunion avec Chavert. Lila hausse le ton – *Mais enfin, tu n'es pas bien là, tu ne vas pas y aller, t'es complètement dingue!* Il ne répond rien – *Antoine?* Il a la tête qui tourne, se pose contre la vitrine d'un magasin et reprend sa respiration pour argumenter – *Je ne peux pas ne pas y aller, je dois présenter une note programmatique que j'ai bossée jusqu'à deux heures du mat', c'est impossible de zapper cette réunion!* Lila tente de le raisonner : *Tu ne vas quand même pas te mettre en danger? Si tu es mal, tu vas chez le médecin, la terre ne va pas s'arrêter de tourner sans toi!* Antoine n'en démord pas – *Lila, on est à douze jours du premier tour, je ne peux pas ne pas y être, Chavert est là ce matin, la réunion se fait à sa demande, on ne sera que sept ou huit.* Le rythme de sa voix s'est accéléré, réchauffé, Lila suppose qu'il reprend des couleurs – *Tu te sens un peu mieux?* Antoine lui répond que ça va aller – *Je crois que j'avais juste besoin d'entendre ta voix.* Il promet d'appeler un médecin si les symptômes reprennent, il la rappellera en sortant du salon de la Villa Haussmann où il a rendez-vous. Antoine raccroche puis s'arrête à la boulangerie pour prendre une bouteille d'eau. En faisant la queue, il attrape son poignet pour tâter son pouls. Il a l'impression que le rythme de son cœur est revenu presque à la normale. Il sourit – *Un croissant s'il vous plaît.*

Lila a eu peur. Quelques instants, elle s'est sentie prête à appeler tous les SOS de Paris et à sauter dans un jean pour le rejoindre. Puis l'image d'un Antoine fort, invincible, a repris le dessus, chassant sa frayeur. En mettant sa cafetière italienne à chauffer, Lila se demande pourquoi c'est elle qu'il a appelée. Pourquoi lui a-t-il dévoilé sa part de faiblesse ? Pourquoi n'a-t-il pas cherché l'apaisement auprès de celle qui partage sa vie depuis plus de vingt ans ? Aurait-elle déjà pris la place de sa femme ?

Local de campagne de Gaël Sernan,
Fontenay-sous-Bois – 12 juin

20 heures : l'effervescence, enfin ! Jeanne ne pensait pas que la tournée des bureaux de vote serait à ce point un pensum – soixante-dix-neuf fois à descendre de la voiture pour y remonter cinq minutes après, soixante-dix-neuf fois à saluer le président et les assesseurs, soixante-dix-neuf fois à parler météo. Avec les premières estimations, on passe de l'attente interminable à l'agitation. La dizaine de militants amassés autour de Gaël Sernan, tendu comme un ressort, est prête à encaisser le choc. La victoire de Chavert le 9 mai dernier ne laissait rien présager de bon.

En un graphique commenté, la télévision révèle les rapports de force fraîchement sortis des urnes. Dans un contexte de record d'abstention, Énergie et Liberté rafle la mise, l'extrême droite devrait pouvoir constituer un groupe à l'Assemblée nationale, le Parti du progrès humain (PPH) opère une nouvelle percée. Comme tous les présents ce soir, Jeanne et Rémy ont un œil sur l'écran de la télé, un autre sur le fil Twitter de leur mobile. Le député de la Gauche moderne et démocratique vient de recevoir un sms et s'exclame dans un rire gras : *Le premier mort de la soirée, c'est Frédéric Alberghi !* Les militants applaudissent, Rémy suggère de sortir le champagne – *Non, pas maintenant, attends que je gagne !* tempête Gaël Sernan – et Jeanne envoie immédiatement un message à Manon qui fait la tournée des plateaux avec Émilie Clark et répond « Bien fait pour sa gueule ».

20h28, la sonnerie du téléphone de Rémy retentit, il décroche, tous les yeux sont rivés sur lui. C'est le premier bureau test qui appelle, le numéro 19 à Vincennes, école Jean Moulin. Le député Sernan ronge l'ongle de son pouce droit en silence alors que plusieurs portables s'agitent. Les résultats tombent les uns après les autres, Jeanne remplit avec concentration le tableau de recensement, calculette à la main. Entre deux chiffres, elle tombe sur le bandeau d'annonce de résultats officiels dans les circonscriptions où les votes s'arrêtaient à 18 heures : Pascal Drevon réélu avec 50,6 % des voix. Jeanne n'a pas le temps de commenter, pas une seconde pour digérer l'information, elle s'applique à répercuter correctement les données qui lui arrivent en chaîne. Gaël Sernan, qui ne tient plus en place, regarde par-dessus son épaule. Il sent le parfum de la victoire. Un vieux militant l'alerte sur le très mauvais résultat du bureau 32 de Saint-Mandé, habituellement favorable. Oui mais le 2e bureau de Fontenay, normalement défavorable, annonce trente-cinq voix d'avance. À 20h53, Rémy a fait ses calculs à partir de tous les résultats des bureaux tests : on devrait gagner à 54/46. Gaël tape fort dans ses mains, se lève triomphant et part chercher une première bouteille de champagne au frais.

L'équipe continue de turbiner, il faut maintenant rassembler l'ensemble des résultats. Gaël prend un appel, son collègue de la deuxième circonscription de Rennes vient aux nouvelles. Il est menacé – *Et toi ?* Les deux amis échangent leurs informations sur les députés de leur groupe, cinq ou six d'entre eux sont plus en danger que prévu. Après avoir raccroché, Gaël lance à la cantonade : *Putain, on va perdre Sébastien Lachard dans l'Ille-et-Vilaine mais il paraît que ce petit prétentieux d'Antoine Polin va être réélu à près de 60 % des voix !*

Salle des Quatre Colonnes, Assemblée nationale – 27 juin

Le visage blême, les traits tirés, Benjamin longe le dernier couloir qui mène de son bureau à la salle des Quatre Colonnes. Jamais il n'aurait imaginé ainsi sa première apparition devant la presse en cette nouvelle mandature. Perlant de sueur sous sa veste en élasthanne, le député se répète intérieurement quelques phrases. Il voudrait rester dans les clous de ce qu'il a prévu de dire, réussir à énoncer les mots en tenant l'équilibre entre émotion et dignité, mais l'exercice est périlleux. En fouillant dans sa poche pour vérifier qu'il lui reste un paquet de mouchoirs, au cas où, le député se concentre pour ne pas se laisser déborder par sa douleur et sa fièvre.

Plus que quelques mètres de répit, Benjamin voit les caméras qui se chevauchent. Pour une fois, les journalistes sont amassés en silence. Le député avance en fixant par terre les grands carreaux noir et blanc du sol qui lui tournent dans la tête. Il inspire fort puis lève le menton face aux micros qui se tendent, aux caméras toutes braquées sur lui. Alors qu'il affronte du regard la nuée médiatique, en hochant le visage en guise de bonjour, une journaliste ouvre le bal des questions : *Benjamin Pommard, vous étiez avec lui hier soir au moment du drame, pouvez-vous nous dire dans quelles circonstances est mort le député Antoine Polin ?*

Bourse du travail de Paris – 27 juin

Lila s'est levée, Lucile l'a aperçue dans son champ de vision alors qu'elle était captivée par une intervention sur les fonds de pension, en ce début de matinée de débats à la Bourse du travail. Son amie tente de sortir de sa rangée sans trop bousculer un public studieux. Dans le périmètre qu'elle quitte, il y a une petite agitation, toute la salle Léon Jouhaud bruisse de *chut!*. Lucile se concentre pour ne pas perdre une miette du discours de cet intellectuel espagnol qui réussit le tour de force de rendre passionnant l'avenir des retraites.

Échappée de la salle, Lila s'adosse à la porte refermée. Elle a les paupières closes, son cœur bat à toute allure. Le nœud de sa robe estivale, qui s'attache dans le cou, commence à se desserrer mais elle n'a plus aucune énergie pour éviter qu'il ne se détache. Entre son humeur radieuse de ce matin et son présent état de choc, la bascule n'a pris que deux ou trois secondes.

La journée s'était engagée sous les meilleurs auspices. Dans le métro pour rejoindre ces échanges internationaux organisés par Les Alter Égaux, Lila a relu pour la deux cent cinquantième fois le dernier texto d'Antoine – *Je suis follement amoureux de toi.* Ces mots, signe du chemin parcouru, lui procuraient une joie insubmersible. Lila se sentait forte, subtile, irrésistible. Elle l'aimait, lui aussi, il avait enfin cédé – *le chameau.* Même s'il restait des étapes – *On ne quitte pas la femme avec laquelle on vit depuis vingt-cinq ans du jour au lendemain, il faut lui laisser le temps d'atterrir*, avait prévenu son amant –, elle savourait sa victoire. Loin d'être une parmi mille autres, elle devenait celle qui l'avait fait changer.

Arrivée dans le hall du bâtiment, Lila a pris un café à la machine puis s'est installée dans la salle mythique. Elle connaissait bien ses bancs en chêne massif, sa grande verrière laissant percer la lumière grise si parisienne. Presque tous les visages lui étaient familiers. Lila a rattrapé le fil de la première table ronde, une histoire de fonds de pension. Elle écoutait sagement quand, à sa droite, un homme d'une soixantaine d'années, figure de la lutte pour la paix au Proche-Orient, a regardé son portable. D'un air surpris, il s'est tourné vers son voisin puis s'est exclamé *C'est fou, regarde!* Devant la curiosité de Lila, il lui a tendu l'écran. Elle a déchiffré : *Antoine Polin, 44 ans, est décédé d'un arrêt cardiaque. Le jeune dirigeant d'Énergie et Liberté, député d'Ille-et-Vilaine...* Elle est restée figée, assommée. Elle n'a pas eu besoin de relire, elle avait compris. Antoine était mort. Le corps de Lila a immédiatement encaissé la douleur. Tout s'est déréglé sur-le-champ, sa vision, son souffle, sa circulation sanguine.

Même si personne ne pouvait se réjouir de la mort d'un quadragénaire, qui autour d'elle pouvait comprendre, savoir, se représenter même une seconde la violence des mots inscrits sur ce portable ? Ici, tout le monde se fichait d'Antoine Polin. Face à l'impossibilité d'exprimer, d'exploser, Lila implosait. Ravalant son vertige, elle a bredouillé quelque chose comme *En effet... c'est terrible... il était jeune.* Même anéantie, elle demeurait soucieuse de l'impression qu'elle donnait. Elle est restée à sa place, frappée par l'angoisse de s'évanouir. Avait-elle l'air normale à l'annonce de la mort d'Antoine Polin ? Elle s'oblige à se maintenir sur son siège un temps pour éviter tout soupçon, comme s'il pouvait y en avoir. Cet instant lui a paru un siècle, ou deux. Elle cherchait une issue de secours. Puisant dans ses réserves de calme, elle s'est décidée à se lever pour se diriger dignement dehors. Lila voulait s'isoler pour pleurer, seule puisqu'elle était seule face au décès d'Antoine.

Dans la rue, assise sur le capot d'une voiture, Lila s'efforce de trouver les larmes mais rien ne vient.

Absolument rien. Tétanisée, elle voudrait crier mais elle reste interdite. Sonnée, elle trouve tout juste la force d'appeler au secours en tapotant fébrilement sur les touches de son téléphone.

Ayant oublié d'éteindre la sonnerie de son portable, Lucile entend un bruit lui signifiant qu'un sms provenant de Lila vient d'arriver – *Veins vite j'en supplie jebsuis dqnsla rue.* Devant ces mots qui n'en sont pas, Lucile sent le parfum du drame. Elle se lève aussitôt, dérange cinq ou six personnes, se précipite dans la rue du Château d'Eau. Lucile découvre Lila abattue contre un SUV, l'air complètement désemparée. Elle se précipite pour étreindre son amie de toutes ses forces – *Qu'est-ce qu'il se passe ?* Lila enlève ses lunettes papillon et d'une voix blanche, hachée, déballe son histoire comme par spasmes. Lucile tente de recoller les morceaux de ce qui lui parvient de façon décousue, et la sidère. Lila venait donc d'apprendre par la magie d'Internet, de la main d'un militant qu'elle connaissait à peine et qui n'avait aucune idée de l'effet qu'une telle annonce pouvait produire sur elle, que l'homme dont elle rêve nuit et jour depuis des mois gît dans une chambre froide. Et le plus incroyable sans doute pour Lucile, c'est que cet homme s'appelait Antoine Polin. Elle n'a pas le temps de conjecturer, de s'interroger sur ce que *foutait* son amie, sa complice de toujours, avec un homme politique adossé au pouvoir en place, *énarque insipide* et *arriviste de première.* Elle l'emmène se poser dans un café.

Lila ne veut rien boire, rien avaler. Ça y est, elle pleure. Dans le chaos, le drame, Lucile n'a d'autre choix que de chercher à consoler son amie, elle répète *C'est affreux.* Ce qu'elle pense par ailleurs, elle le lui dira plus tard – *Tu n'allais pas faire ta vie avec lui de toute façon, c'était impossible, ce n'était pas toi Lila.* Pour l'heure, les mots de Lucile résonnent avec tellement de tendresse que Lila dévastée se laisse accompagner par les vagues de paroles amicales et bienveillantes. Mais le sentiment de réconfort passe en un éclair, les pensées de Lila plongent irrésistiblement dans le noir. Avec un paquet de Chamallows, Lucile l'emmène le long du canal de l'Ourcq, *Marcher va te faire du bien.*

Plus tard, seule dans son lit, Lila se rêve morte. Tout ce qu'elle veut, c'est le rejoindre. Elle s'imagine avalant trois boîtes de Lexomil pour sombrer au fond du canal. Elle se demande comment s'accrocher des poids lourds aux pieds pour ne pas remonter à la surface. Elle se figure comme Antoine. Inerte. Froide. Pourtant, Lila le sait, même Roméo et Juliette ne se sont pas retrouvés dans la mort.

Siège de l'hebdomadaire L'Horizon, *Paris 13e – 28 juin*

Enfermé dans son bureau où s'entassent des livres, des coupures de presse et des pastilles à la menthe sans sucre, Jacques Fresnais n'en finit pas de peaufiner son article. Le journaliste de *L'Horizon* voudrait y distiller un peu de fiel mais la nécrologie ne s'y prête décidément pas. D'ailleurs, Jacques Fresnais ne décolère pas que ce papier lui ait été confié – *Les chiens écrasés, merci du cadeau.* Les cheveux en pagaille, la cigarette électronique rechargée, il relit pour la troisième fois ce qu'il vient d'écrire :

> Le porte-parole d'EL a annoncé le décès d'Antoine Polin samedi matin : « *Il est mort brutalement, d'un arrêt cardiaque.* » Marié et père de deux adolescentes, M. Polin était « *un jeune espoir d'EL, un des quadras du mouvement qui venait tout juste d'être réélu député* », a-t-il ajouté. « *Il avait fait une campagne longue et intense, il était intervenu*

partout, enchaînant les médias et les porte-à-porte : est-ce la fatigue accumulée ? », s'est interrogé lors d'une conférence de presse le député Benjamin Pommard, son ami et bras droit.
Le président de l'Assemblée nationale François Berneau, qui avait rendez-vous avec lui à 17 heures, a évoqué un « *choc* ». « *Antoine représentait l'avenir. Aujourd'hui, l'Assemblée nationale est en deuil et pleure la disparition d'un jeune député apprécié à la fois pour ses grandes qualités humaines et son intelligence remarquable* », a-t-il confié. Le président de la République s'est également exprimé, se disant « *bouleversé* » par sa mort. « *C'était un homme dynamique et tenace* », a ainsi déclaré Bruno Chavert dans un communiqué.
Alors qu'Antoine Polin s'était distingué de la majorité EL sur la loi immigration, en dénonçant la part d'inhumanité du texte, il aurait été approché pour figurer dans le prochain gouvernement. Le député Pommard a révélé qu'un texto du Premier ministre était arrivé en ce sens au moment même où se déroulait la partie de squash au cours de laquelle M. Polin est décédé. Une source proche du Premier ministre confirme cette hypothèse, indiquant que le ministère de la Transformation et de la Fonction publique s'apprêtait à lui être proposé.

C'est à cet endroit précis que Jacques Fresnais rêve de souligner l'ironie du sort. Il voudrait introduire un coup de patte, retourner le couteau dans la plaie, comme si cet *énarque arrogant*, cette *crapule libérale* pouvait encore rendre gorge, mais une notification sur son portable le coupe dans son élan. C'est Émilie, encore Émilie, il ne sait plus comment s'en dépêtrer. Lui qui avait toujours évité de coucher avec des femmes politiques s'en veut d'avoir plongé. En même temps, comment aurait-il pu résister ? Émilie Clark lui avait toujours produit un effet incendiaire. Quand elle était venue à lui, directe comme toujours, ses résistances avaient lâché. Jacques s'était engouffré puis, du jour au lendemain, il avait freiné des quatre fers. Non, il n'y arrivait pas, il n'était pas équipé pour Émilie Clark. Mais plus il se montrait désagréable, plus elle semblait s'accrocher. Jacques n'y comprenait rien. Alors qu'il éteint son portable, le journaliste s'interroge : bien qu'il en ait conquis tant et plus, a-t-il jamais compris les femmes ?

De retour à la tâche, l'envie de se payer la tête d'Antoine Polin lui est finalement passée. Avant de partir manger un sandwich avec la nouvelle stagiaire, une jolie brune dont il aurait bien soulevé la jupe, Jacques termine sans plus se casser la tête son article :

> « *Profondément attristé par ce terrible drame qui touche toute notre famille politique* », le secrétaire général du parti Énergie et Liberté, Jérôme Prudalis, a tenu à adresser « *ses pensées émues* » à la femme et aux filles d'Antoine Polin.

Crématorium du Père-Lachaise – 3 juillet

C'est un tel enfer pour se garer dans le quartier, Benjamin et Chloé ont préféré arriver en avance. À peine descendu de la voiture, le député sort trois feuilles imprimées pliées en deux. Il a besoin de relire une dernière fois son discours, de se chauffer la voix, de se préparer mentalement. Être à la hauteur de son ami, au niveau de ce qu'Antoine a donné pour qu'ensemble, ils incarnent une sensibilité politique *moderne* et *humaine*, qu'ils préparent l'avenir, Benjamin le lui doit. Il a également à cœur que résonnent ce matin toute son affection et son soutien pour Estelle, Victoire et Jade. L'élu se sent investi d'une mission et Chloé se tient à ses côtés, en silence – c'est dire si l'heure est grave.

À l'entrée du cimetière du Père-Lachaise, le couple tombe sur Jeanne et Manon. Une nouvelle fois, et ça lui coûte, Benjamin raconte les circonstances de la mort d'Antoine, presque en pilote automatique tant se remémorer la scène le tire violemment vers le sol : *On était au squash, comme toutes les semaines depuis des années, Antoine était éreinté, il a mené une campagne tambour battant, il dormait peu, vraiment trop peu... Je crois qu'il avait puisé dans ses réserves de façon inconsidérée. Au milieu de la partie, j'ai lancé la balle, il a couru et... je l'ai vu s'effondrer... d'un coup... Je me suis précipité vers lui... Nous avons appelé les secours... Ils sont arrivés très vite... mais il était trop tard...* Jeanne est pulvérisée, elle se représente le corps d'Antoine à terre, elle fond en larmes. Manon lui tend un mouchoir, Benjamin lui touche légèrement l'épaule – il ne veut pas que Chloé surprenne trop d'empathie pour Jeanne, elle pourrait l'interroger, il ne veut rien dire, une confidence est une confidence, même après la mort. Benjamin s'excuse de leur empressement à avancer vers le crématorium, ils ont rendez-vous avec la famille.

Le rimmel dégouline sur les joues de Jeanne alors que les proches entrent progressivement dans le cimetière. Elle est paralysée à l'idée de devoir supporter la cérémonie dans l'ombre, en invisible, en fantôme. La disparition d'Antoine lui rappelle cruellement qu'elle n'a jamais eu d'existence officielle dans sa vie. Elle paie le prix du silence, ce moteur de la libido des amants. Elle voudrait que tout le monde sache leur lien, leur intimité, bien qu'elle ait encore du mal à en définir la nature précise. Ce devrait être du passé,

Antoine était sorti de ses radars depuis plusieurs mois, mais l'effet de sa disparition a subitement réveillé un manque charnel irrépressible qu'elle voudrait afficher au grand jour, ici, maintenant, que l'on comprenne sa souffrance, qu'on lui reconnaisse une forme de statut dans sa vie. Avant de lui dire un dernier adieu, des souvenirs remontent à la surface en couleur sépia. La nostalgie de l'attente et de son corps assoiffé d'Antoine éclipse tout le reste en ce jour funèbre. En pénétrant dans la chapelle, Jeanne a presque oublié les blessures et les manquements d'Antoine, elle s'apprête à rendre hommage à celui qui a incarné pour elle le Désir avec un grand D. Elle est aujourd'hui certaine qu'aucun autre homme dans sa vie ne lui a produit autant d'effet. Pour masquer son chagrin, Jeanne se colle à Manon et sort ses lunettes de soleil.

Dans le patio à l'entrée du crématorium, Estelle se presse vers Benjamin dans les bras duquel elle se réfugie sans bouger ni parler, le mutisme étant parfois le seul moyen de s'exprimer avec justesse. Victoire et Jade s'agrippent à sa robe, se blottissent au plus près d'elle, nez coulant à flots. Estelle a choisi sa tenue pour l'occasion, en optant pour le violet – elle fera le point plus tard chez madame Serein sur ce choix à double sens, symbole du deuil, emblème des féministes. L'affluence arrive par petits groupes, Estelle embrasse tout le monde, même les vautours, les cyniques, les aigris. Elle ne se sent pas complètement chez elle dans cette cérémonie. Les amis comme les ennemis politiques d'Antoine sont là. Elle fait face avec application. Méticuleuse comme toujours, Estelle a tout préparé, même les sourires. Heureusement car dans la file qui s'engage dans la chapelle, elle distingue le minois accablé de Jeanne. Contre toute attente, elle est prise un instant d'empathie pour cette jeune femme à laquelle personne n'adressera la moindre condoléance.

La queue est longue, tout le monde ne rentrera pas. À l'intérieur, les bavardages se tamisent, la cérémonie va commencer. Quand la sonate pour piano de Chopin résonne dans l'enceinte de la chapelle, Estelle sent un poids s'abattre sur ses épaules. Vingt-cinq ans passés ensemble. Deux filles. L'avenir assombri, incertain. Jamais elle n'aurait cru qu'Antoine la quitterait si vite, pour rien. Personne ici ne sait combien le couple se trouvait au bord de la rupture avant le drame, combien Estelle était lassée de son mari, combien sa conversion à la cause des femmes avait insidieusement bouleversé son rapport à Antoine. Même Benjamin, qui en connaissait un rayon, ne savait pas que son ami dormait sur le canapé du salon depuis plusieurs semaines, quand il était de passage à Paris. Aujourd'hui, Estelle se doit d'incarner la veuve éplorée mais, hier encore, elle ne supportait plus la présence d'Antoine, jusqu'au timbre de sa voix qui l'avait autrefois renversée et qui lui était devenu exécrable. Même son assurance, qu'elle avait tant admirée, ne traduisait plus que sa suffisance. Quant à son sourire, son satané sourire, auquel elle avait si longtemps succombé, elle l'associait ces derniers temps à la tromperie et la superficialité. Comme Estelle a toujours su paraître, elle paraît, loin de ce qu'elle est, de ce qu'elle pense. Leur dernier accrochage, violent, au cours duquel Estelle avait balancé son bol de café sur la chemise vert pâle d'Antoine, elle l'engloutit au fond d'elle-même, le laissant se disputer aux années d'amour intenses et insouciantes qui rejaillissent à la vue de la plus belle photo de son mari apposée sur le caveau, Antoine est en short et polo sur une plage d'Ibiza, peau toute dorée, yeux bleus crevant l'image, sourire dégageant ses deux dents chevauchées au charme si singulier. La tension de ses sentiments qui éclatent dans toutes leurs contradictions, Estelle la garde pour elle. Vu de l'extérieur, la veuve ne suscite que compassions, toutes plus sincères et affligées les unes que les autres. Il y a erreur, Estelle le sait mais elle ne peut pas faire autrement.

Une remontée acide jaillit une nouvelle fois de son tube digestif quand Estelle sent la main de sa mère dans son cou. Une main aimante qu'elle a pourtant envie de chasser. Cette femme de maison aux bonnes manières, cette femme trompée aux joies fausses, cette femme transparente à la vie terne lui tend un miroir qu'Estelle ne supporte plus. Montent dans la chapelle les mots de la sœur d'Antoine, si émouvants qu'Estelle se met à pleurer. La main de sa mère se fait plus pressante, Estelle ne sait plus si elle a envie de hurler « dégage » ou de murmurer « maman ». Elle ne sait plus si elle est une épouse dévastée ou une femme en chemin vers la liberté, si elle ressent une douleur incommensurable devant la dépouille de son époux ou une forme de soulagement en se voyant délivrée de l'homme qui, sans le vouloir, l'empêchait d'être sujet de sa vie. Les voix qui se succèdent pour tresser les louanges d'Antoine n'arrivent pas à couvrir la danse des sentiments opposés qui la tenaillent et la submergent. Estelle s'est si longtemps crue différente de sa mère parce qu'elle, elle a fait de longues études, elle a un emploi, une autonomie financière, elle a épousé un homme aux charmes indiscutables, flamboyant et ouvert sur le monde, pas un être fat et fade, tourné sur lui-même, obsédé par l'argent. Mais, devant le caveau recouvert de pétales de roses, Estelle se dit aujourd'hui qu'elle enterre un menteur, un opportuniste, un égoïste. Et qu'elle a passé sa vie à l'encourager, à l'attendre, à vivre à travers lui. Estelle ne peut s'empêcher d'entendre cette petite voix nichée au plus profond d'elle-même qui perçoit dans la mort d'Antoine une bonté du sort, un levier de transformation pour elle. Ces pensées effrayantes et indicibles l'envahissent et se mêlent à la douleur pour la perte de celui qu'elle a aimé de toutes ses forces. Estelle a honte. Comment peut-elle nourrir des idées aussi négatives, et presque définitives, sur *l'homme de sa vie* ? Comment ose-t-elle concevoir, ne serait-ce qu'un instant, la mort d'Antoine comme une chance ? C'est honteux, tellement honteux, mais Estelle se débat, elle en a assez d'avoir honte.

Tournant le buste pour regarder la foule sous la coupole néo-byzantine, ses yeux se posent sur son oncle, Hubert, installé deux rangées plus loin. En une fraction de seconde, l'acidité de son estomac se mue en nausée.

9 rue Armand-Carrel, Paris 19e – 14 juillet

À plat depuis le décès d'Antoine, Jeanne grimpe sans entrain les marches de l'immeuble jusqu'au 6e étage. Au fur et à mesure, les bruits de la fête d'anniversaire de Manon se précisent mais Jeanne est perdue dans les motifs du tapis rouge et vert aux fleurs géométriques. Elle atteint essoufflée l'étroit deux pièces qui déborde déjà de monde, malgré l'heure.

En poussant la porte entrouverte de l'appartement, Jeanne découvre son amie rayonnante dans une robe pailletée rose comme un bonbon, ouverte aux épaules et avec de la mousseline tombant jusqu'aux pieds. Un kitsch qui sied parfaitement à Manon, songe Jeanne qui rêverait de s'autoriser autant de fantaisie. Chez son amie, l'hyperféminité assumée n'est qu'une performance visant à rire des codes sexués pour mieux les déjouer. Manon rayonne en chantant à tue-tête *Like a Virgin* de Madonna. Elle a toujours eu un côté vintage. À côté, Jeanne ressemble à *une loque* avec son pantalon noir et sa chemise rose pâle assortie à son teint des mauvais jours. Dans le minuscule couloir de l'entrée, Prune embrasse si langoureusement Eugénie, plaquée au mur, que Jeanne ose à peine leur dire bonsoir. La sono sature, la sueur a déjà pris l'ascendant sur les bougies parfumées, les cendriers sont pleins à craquer. Jeanne encaisse le choc sensoriel pendant que son collègue Rémy, arrivé parmi les premiers comme à son habitude, lui tend une bière. Pas tout de suite pour Jeanne qui avance jusqu'à la chambre de Manon. Par-dessus le tas de vestes qui recouvre le lit, elle lâche son gilet et son sac en toile bio sur lequel est imprimé GRL PWR. Puis elle fait le tour du lieu en se désolant que Pablo ne soit pas encore arrivé, elle rêvait de se recroqueviller contre lui dans le sofa en velours mauve de Manon, sur lequel elle a toujours aimé prendre ses aises. Oui, Jeanne s'habitue progressivement à la présence de Pablo dans sa vie. Rien de torride, juste la simplicité et la chaleur d'une relation qui la ramène chaque jour un peu plus vers lui. Pablo ne demande rien, il s'attache aux plaisirs des moments que Jeanne lui accorde au compte-gouttes. Elle est bien obligée de reconnaître que cette liaison est un fait, davantage qu'un désir prémédité. Il n'empêche qu'elle y prend goût.

Avant d'entamer l'alcool, Jeanne se sert un verre d'eau dans la cuisine. Entre le micro-ondes, les bouteilles de vodka et les tartes empilées en désordre sur la nappe à carreaux, la « cheffe » de Manon, Émilie Clark, débine à grand bruit le gouvernement qui vient de réprimer violemment une manifestation contre les pesticides. Les quatre trentenaires qui l'écoutent religieusement opinent en signe d'approbation. Jeanne se penche par la fenêtre pour s'assurer que la tour Eiffel est toujours là – c'est rassurant. Elle attend le feu d'artifice avec impatience, elle a toujours eu le goût de l'éphémère et des festivités qui lui rappellent les instants de bonheur de son enfance.

Ce soir, Émilie Clark est venue avec Lila qui ne la lâche pas d'une semelle, elle ne connaît pas grand monde. Lila écoute Émilie distraitement, le discours familier et véhément de la députée lui fait du bien, elle a besoin de se sentir bercée. Lila se raccroche doucement mais sûrement à la vie. Ses fantasmes de noyade dans le canal de l'Ourcq ont vite disparu. Puisqu'elle ne retrouverait pas Antoine dans la mort, elle allait chercher à rester vivante. Son idée pour tenir debout demeurait instable mais elle s'y accrochait. Chaque matin, Lila se demandait ce dont elle avait envie, puisant aux tréfonds d'elle-même une pulsion de vie qui lui permette de supporter le réel jusqu'au lendemain. Avant-hier, elle rêvait d'une gaufre, pas n'importe laquelle, une vraie gaufre belge, avec de la chantilly maison. Elle a traversé tout Paris pour s'en offrir une suffisamment digne d'une journée qui ne serait pas la dernière. Hier, elle souhaitait voir Julien, un militant des Alter Égaux qu'elle trouve drôle mais qu'elle fréquente peu. Elle a pris un café avec lui, l'a trouvé charmant, l'a quitté le cœur un peu plus léger avant de replonger dans l'enfer du deuil d'Antoine. Aujourd'hui, Lila avait souhaité déjeuner avec Émilie, pour parler de politique, se changer les idées. Au dessert, la députée lui a proposé de l'accompagner à la soirée d'anniversaire de son assistante Manon. *Un 14 juillet, ce serait dommage de rester seule*, a plaidé Émilie – *et tu n'as pas l'air dans ton assiette, je me trompe ?* Lila s'est laissée tenter. Émilie n'avait pas réussi à lui tirer les vers du nez bien qu'elle ait pressenti le mal-être de Lila qui, pour rien au monde, ne lui aurait confié son idylle avec Antoine, son collègue à l'Assemblée, son adversaire politique. Lila n'avait pas le cœur à la fête mais quitte à vivre, observer des jeunes s'amuser la tentait, se replonger dans *son* univers la tranquillisait. Et puis c'était l'occasion d'échapper à la solitude et la noirceur, Abel étant parti en vacances chez sa sœur.

Pendant qu'Émilie frise le monologue devant son public conquis, Lila avale de façon boulimique des chips aux légumes en enchaînant les verres de vodka. Ne tenant plus sur ses deux jambes, elle se décide à lâcher la députée pour migrer dans le salon, en quête de confort, d'un coin de chaise ou de canapé. Lila repère une place près de Manon, dont elle a fait la connaissance en arrivant et qu'elle a trouvée *rigolote* avec sa tenue déjantée. Elle est en pleine discussion avec Louis Croquelin, un quinquagénaire député de la Meuse, leader d'un mouvement de l'écologie politique. Il regarde à peine Lila quand elle débarque, tout juste un *salut* qui lui paraît bien convenu. C'est clair, il ne l'a pas reconnue alors qu'ils se sont croisés maintes et maintes fois. En d'autres temps, Lila aurait pris la mouche. Là, elle s'enfonce dans le canapé aussi mou qu'elle. Balancée par les rires des invités et les improvisations d'un DJ d'occasion, elle flotte. De loin bien qu'ils soient tout proches, elle entend Manon et Louis refaire le monde. Elle perçoit la tension qui anime leur discussion, les mots « bifurcation », « peuple », « productivisme » lui chatouillent les oreilles, elle voudrait s'en mêler mais le retour de cette pulsion-là n'est pas pour tout de suite. Lila a l'impression d'être une vieille chose, lasse, apathique, morbide.

Les gens parlent de plus en plus fort, élevant le volume sonore de l'appartement à un niveau de décibels qui, l'alcool aidant, plonge Lila dans un semi-chaos. Elle voudrait s'accrocher à quelque chose, à quelqu'un pour ne pas sombrer dans les profondeurs de la dépression quand Émilie apparaît dans le salon avec une jeune femme ravissante, fine, de grands cheveux châtains tombant de part et d'autre sur un chemisier rosé ouvert à la naissance des seins. Elles s'approchent de Lila qui tente de reprendre une contenance. Émilie se tourne vers l'une – *Jeanne, une collaboratrice d'un député de la*

Gauche moderne et démocratique, grande amie de Manon – puis vers l'autre – *Lila, ma copine de combats, une économiste comme il nous en faudrait des dizaines. Tu as peut-être lu* Leur dette, nos besoins ? Non, Jeanne ne l'a pas lu bien qu'elle ait entendu parler du livre, *bien sûr*. D'ailleurs, en écrit-elle un autre ? *Oui, mais j'ai du mal à avancer en ce moment...* Un blanc s'installe, laissant Gaëtan Roussel entonner son refrain « ... et si on rejouait toutes les scènes, dis-moi encore que tu m'aimes... ». Il n'en faut pas plus à Jeanne pour être saisie d'une puissante émotion aussi subite qu'incontrôlée. Elle termine d'une traite sa coupe de champagne, la troisième ou la quatrième, elle ne sait plus, si ce n'est que c'est trop, assurément trop. Il a suffi de quelques banales paroles d'une chanson pour que Jeanne replonge. Antoine aurait pu lui dire au moins une fois qu'il l'aimait, non ? Jeanne est secouée à la pensée de sa mort et, à cet instant, plus encore par l'idée d'avoir accepté la forme lâche de leur relation. Maintenant qu'il est parti, elle aimerait être sûre d'avoir compté pour Antoine. Emportée par la fête et ses verres, Jeanne se laisse aller à des réflexions qu'elle balaie d'ordinaire avec de bancales certitudes – la beauté singulière d'une relation légère, l'assurance qu'Antoine n'était absolument pas son genre d'homme, la conviction que le député était avare en démonstrations sentimentales, par tempérament et manque de temps, mais qu'il n'en pensait pas moins. Au son de Gaëtan Roussel, Jeanne s'emporte : Antoine ne la désirait pas intensément, il manquait cruellement d'attention, il ne lui octroyait qu'une place marginale dans sa vie. Et elle avait accepté. Prise dans ses contradictions, le cerveau chauffé par l'alcool, elle ne saurait dire si son absence lui renvoie maintenant de la tristesse ou de la colère. De toute façon elle ne peut rien dire, et c'est insupportable d'être encore condamnée à la clandestinité quand une telle tornade l'assaille. Jeanne est persuadée que si elle mettait des mots sur son émotion, tout de suite, elle serait soulagée, elle y verrait plus clair.

Pendant que Jeanne divague, Émilie attrape frénétiquement son téléphone pour constater amèrement que Jacques ne lui a toujours pas répondu. Vingt-sept heures de silence, elle compterait presque les minutes tant l'attente la ronge de l'intérieur. Pourtant, Émilie reste fermée à double tour, persuadée que son intégrité et son image prendraient un sacré coup si sa relation avec le sulfureux journaliste Jacques Fresnais s'ébruitait. Elle contrôle ses nerfs en lançant un sujet de conversation alors que Jeanne et Lila semblent amorphes, ailleurs. *Vous avez vu pour Antoine Polin ? C'est fou quand même, il était jeune ce type...* En une fraction de seconde, Jeanne s'effondre littéralement en larmes, s'échouant sur le rebord du sofa. Elle n'a rien su arrêter, elle est saoule, elle est mal, elle est comme ça. Elle se sent *archi nulle* d'éclater en pleurs. Ses larmes coulent à flots continus. Émilie attrape une feuille de Sopalin sur la table, la lui tend en s'approchant de ses épaules pour la caresser doucement. Jeanne bafouille *C'est ridicule*, ajoutant dans un éternuement, *pardon, je suis vraiment ridicule.*

Lila, elle, garde instinctivement son sang-froid. Devant cette scène inattendue, elle sort de sa torpeur. La curiosité pour ces larmes de Jeanne lui donne même le cran de questionner – *Tu le connaissais bien ?* Jeanne pique un fard et se mouche de plus belle dans la serviette en papier. Elle sent qu'elle va craquer. Émilie met une nouvelle fois la main dans son dos – *Ça va aller ?*, puis Jeanne répète en boucle *C'est ridicule.* Lila ne lâche pas le morceau, elle renchérit – *Si c'était un proche, c'est normal de pleurer.* Jeanne se débat : *Non, enfin oui...* Une nouvelle marée de larmes s'abat sur ses joues. Jeanne s'étonne que personne d'autre qu'Émilie et Lila ne la regarde, tout le monde semble pris dans sa discussion, son pas de danse, son délire. Elle se répète qu'il ne faut pas raconter ce secret. Pourquoi d'ailleurs ? Jeanne arrive au point de bascule. De toute façon, Émilie et Lila sont à mille lieues d'Antoine, elles n'en feront rien, elles n'en diront rien. Et puis, quand bien même, Jeanne n'aimerait-elle pas que tout le monde sache qu'Antoine a été son amant ? Elle étouffe du silence ! Alors elle se voit venir, elle va tout déballer. Elle commence, timidement – *En fait, j'avais une relation avec Antoine Polin... depuis trois ans...* Lila est clouée au canapé, comme si un poignard avait traversé son sternum, juste entre les deux seins. Le scénario qu'elle s'était imaginé, celui d'un Antoine ravi à toutes les autres, est à terre. Elle ne saurait dire si c'est son amour pour Antoine ou son amour-propre qui est le plus atteint mais la révélation de Jeanne lui apparaît d'une cruauté insupportable. En attendant, Émilie refrène une envie de rire pour adopter la posture de la consolation – *Je comprends que tu sois effondrée, c'est affreusement violent...* Encouragée à poursuivre, Jeanne s'enfonce dans des confidences qu'elle n'avait absolument pas prévu de livrer à ces deux femmes qu'elle connaît à peine. Pourtant elle y va, elle donne tout en deux phrases – *Je ne sais pas ce que je représentais pour lui mais c'est vrai qu'on avait un lien, physique surtout mais c'était forcément plus que ça, une complicité je dirais... enfin, je n'en sais rien... c'est ridicule, je suis ridicule là...*

Les nœuds s'accumulent dans le cerveau de Lila qui reste pétrifiée, le corps gainé, les yeux dans le vague alors qu'elle voudrait l'étrangler. En silence, elle dévisage Jeanne, écœurée. Imaginer ce corps ferme, sans rides, cette jeune femme charmante dans les bras d'Antoine, c'est physiquement insoutenable. Pendant qu'Émilie tend à Jeanne une nouvelle serviette en papier, Lila se répète qu'il est mort, que c'est fini toute cette histoire. Mais la beauté et le désespoir de Jeanne ravivent son désir de possession d'Antoine. Lila est dévorée par la rage, elle n'arrive pas à la calmer – *Il se tapait une collaboratrice* en plus d'elle et de sa femme ! Qu'est-ce qu'elle a cru ? Qu'il était différent, qu'il ne désirait qu'elle, qu'il lui serait fidèle ? *Mais quelle conne !* La tête de Lila bourdonne dans tous les sens. Elle voudrait faire bonne figure, ne rien laisser transparaître devant Émilie qui cherche la connivence, semblant lui dire *Pas besoin de se parler pour comprendre que la jeunette est tombée dans le panneau.* Les pattes d'oie de Lila se relèvent pour esquisser un demi-sourire en direction d'Émilie. La députée, dont le téléphone a vibré, meurt d'envie de regarder si c'est *lui*, Jacques bien sûr, mais l'émotion de Jeanne rend impossible d'étancher immédiatement sa curiosité nerveuse. Alors elle continue à s'occuper de la jeune fille – *Tu étais amoureuse de lui ?* À ces mots trop directs pour lui donner une bouffée d'oxygène, Jeanne se lève, titubante, et se dirige vers la fenêtre, il faut qu'elle prenne un peu d'air frais – *Je reviens.*

Émilie peut enfin se jeter sur son portable, telle une droguée sur son rail de coke – *C'est lui !* Elle lit et relit : *Tu m'agaces mais j'avoue que tu me manques… On se retrouve ce soir ?* Il est 23h19, elle voudrait prendre sur-le-champ sa veste et son sac pour sauter dans un taxi mais elle ne va quand même pas être au garde-à-vous, non, pas elle. Pour gagner du temps, elle propose un autre verre de champagne à Lila qui accepte, au point où elle en est, après la vodka, un peu de champagne, et puis le verre à la main lui donnera une contenance. Lila est égarée quelque part entre la fureur et l'affliction. Devant elle quatre ou cinq invités se dandinent sur le peu de mètres carrés disponibles, Prune et Eugénie se tiennent la main en discutant avec un type immense. Lila regarde sans rien voir. Elle est au trente-sixième dessous quand Émilie la sort violemment de sa torpeur : *C'est curieux quand même de s'enticher de ce premier de la classe d'Antoine Polin, tu ne trouves pas ? Quel concentré de platitude ce type…* Lila est prise de court. Tout son corps se dresse, il lui manque à en crever, les mots de la défense sortent tout seuls – *Il avait l'air lisse mais il était peut-être plus rock'n'roll qu'on ne le croit. Regarde, il avait bien plaidé pour les migrants contre son camp… Pas faux*, se dit Émilie qui se moque éperdument d'Antoine Polin, même si sa mort précoce et brutale a choqué sur tous les bancs de l'Assemblée.

Jeanne n'a pas complètement repris ses esprits quand Rémy s'approche avec la mine d'un berger allemand – *Tu pleures ?* Elle se referme – *Ce n'est rien.* Rémy n'insiste pas, sa finesse n'a toujours eu d'égale que sa discrétion. Pour meubler, il enfile les perles sur cette soirée *super sympa* et puis, Prune et Eugénie forment un couple d'enfer, *tu ne trouves pas ?* Jeanne est tellement d'accord qu'elle a envie de rouler une pelle à la première fille qui passe. Elle n'a jamais embrassé une femme alors qu'en théorie, elle trouve affligeant de se passer de la moitié de l'humanité pour les plaisirs du corps et des sentiments amoureux. Elle se dit qu'elle devrait. Le DJ a basculé sur Stromae. Jeanne se met à chantonner en rythme : « Tous les mêmes, tous les mêmes / Tous les mêmes, et y'en a marre. »

4 rue Bréguet, Paris 11ᵉ – 17 juillet

Quand Benjamin sonne à la porte, Estelle a déjà ouvert le paquet de sacs-poubelle – des cent litres. Tout ira à une association. Elle est prête, autant qu'on peut l'être quand il s'agit de faire disparaître les effets personnels de son mari mort depuis trois semaines. Elle avait prévu de s'appuyer sur la présence de Benjamin et s'était représenté la scène à plusieurs reprises pour tenter d'en amoindrir le choc. Benjamin l'embrasse tendrement en la serrant contre lui, sans un mot, la mine encore défaite. Il porte ses vêtements du dimanche, jean brut et polo bleu marine. Estelle n'a pas l'habitude de le voir dans cette tenue. Perdue dans ses bras, elle se frotte à son ventre arrondi, bien plus qu'elle ne l'aurait cru. Il devrait faire attention, à son âge, songe Estelle sans oser la moindre remarque. Elle l'invite à commencer par la salle de bains pour trier ce qu'elle suppose le plus douloureux. En lui servant un café, Estelle lui tend un premier sac, elle est pressée d'en finir.

Benjamin ne s'est jamais attelé à une telle tâche. Il est déstabilisé par la rapidité avec laquelle Estelle a souhaité tout régler. Lui n'a même pas encore réalisé la perte de son ami, et voilà déjà que toutes les traces d'Antoine doivent être effacées. Estelle dit qu'elle a besoin de ça justement pour saisir ce qui s'est passé. Que pour les filles, c'est important. Benjamin n'est pas à l'aise mais il s'exécute en suivant les instructions d'Estelle, précises, comme toujours. S'il pouvait commencer par la brosse à dents qui n'a pas bougé, puis le rasoir et la mousse, le déodorant et la bouteille de parfum, ce serait bien. Pendant ce temps, elle attrape le peignoir jaune en nid d'abeille qu'elle a offert à son mari il y a cinq ans, peut-être six, à moins que ce ne soit sept, le temps est passé vite malgré l'ennui. Elle le jette dans le sac. Benjamin peut ouvrir le tiroir d'Antoine, sous le lavabo. Tout un fatras trop personnel qu'il n'a pas le cœur de toucher. Bon pour la poubelle. Benjamin s'assoit sur le rebord de la baignoire – *Excuse-moi, j'ai la tête qui tourne*. Estelle ne veut pas faire de pause, elle n'en a pas le courage, elle préfère aller vite, qu'on n'en parle plus. Elle lui prend des mains le grand sac déjà lourd, passe doucement la sienne sur son épaule – *T'inquiète pas* – et part directement vider la table de chevet.

Dans la chambre, elle ouvre les fenêtres en grand et laisse une larme perler sur sa joue. Il n'y en aura pas d'autres. Sur la table de nuit, elle trouve le roman commencé il y a plusieurs mois par Antoine qui n'en connaîtra jamais la fin, *Des hommes* de Laurent Mauvignier. Elle enlève le marque-page, range l'exemplaire dans la bibliothèque du couloir. Estelle soulève ensuite l'oreiller d'Antoine, elle n'avait pas osé jusque-là. Elle y trouve son short gris de pyjama avec un tee-shirt rayé col en V. Sa gorge se serre. Figée, elle appelle Benjamin dont elle entend les pas dans le couloir. Seule, elle ne va pas y arriver.

Estelle ouvre l'armoire pour s'attaquer aux costumes. Benjamin va les lui passer pour qu'elle vide les poches tout en restant assise sur le lit. Il s'exécute en commençant par les pantalons. Estelle dégage quelques cartes de visite, un mouchoir. Poubelle. Viennent les vestes. À la deuxième, elle tombe sur une enveloppe pliée en deux. Rien d'inscrit, elle l'ouvre et trouve une lettre manuscrite. L'écriture au stylo-feutre bleu est ample, avec des phrases qui montent légèrement. En haut à droite figure la date, 21 juin de cette année. Elle retourne aussitôt la feuille pour voir la signature : Lila. Elle revient au recto pour entamer la lecture, comprendre, elle ne connaît pas de Lila. Benjamin est affairé à sortir les chaussures maintenant, la moquette est recouverte des affaires d'Antoine. Alors que l'ambiance vire au chaos, Estelle déchiffre quelques phrases. Il est question de *l'état de mes sentiments*, de *la dernière fois que nous avons fait l'amour*, de *ta garçonnière qui n'est pas une garçonnière*, d'*un restaurant japonais*, d'*une intensité physique inouïe*, du *désir d'une vie ensemble*... Estelle a l'impression de basculer dans une autre dimension. Elle sent à nouveau une nausée la saisir, voudrait se jeter dans les bras de Benjamin et hurler comme jamais. Elle reste interdite. Le complice d'Antoine est à quatre pattes, il essaie d'attraper les dernières paires qui résistent au fond du placard.

De rage, Estelle déchire la lettre en petits morceaux. Elle ne veut plus jamais lire une chose pareille, elle ne veut plus jamais se sentir humiliée, elle ne veut plus jamais regretter Antoine.

10 avenue Spinoza, à Ivry-sur-Seine – 8 septembre

Le soleil transperce les vitres sales pour se projeter sur la moitié des dessins de Jeanne, étalés sur la grande table basse en verre de son salon. Une part d'ombre, une part de lumière, elle s'en amuse avant de reprendre son crayon. Avec une tisane au thym et réglisse qu'elle boit par litres depuis sa cuite mémorable chez Manon, Jeanne fait le point sur sa production. La mise en ligne approche puisqu'à la dernière réunion de Balance Ton Député, les filles ont décidé de publier l'ensemble des témoignages qu'elles ont récoltés depuis près d'un an dans moins d'une semaine, le jour de la manifestation organisée en solidarité avec Inès Drevon. L'association entend marquer la scène politique en créant *le buzz*. Dans le rôle de l'illustratrice, Jeanne a trouvé son style, avec ses personnages longilignes aux yeux exorbités et son vert dominant dans toutes les planches de dessin.

Elle a déjà montré l'essentiel de ses croquis, ils ont beaucoup plu. Une maison d'édition est même intéressée, elle les publierait en bande dessinée, ce qui excite Jeanne au plus haut point. Elle est convaincue que ce n'est pas son regard et son coup de crayon qui plaisent mais le fond du propos, le sujet. Le contenu des bulles renvoie à une réalité peu visible et largement sous-estimée, souvent crue et violente, toujours sexiste, n'est-ce pas l'essentiel ? Devant sa modestie viscérale, sa difficulté à se gratifier du travail accompli, à se reconnaître du talent, Jeanne voit déjà Prune lui répéter : *Sois un garçon !* Jeanne a bien essayé à l'occasion mais rien n'y fait, elle n'a pas confiance dans ses capacités et sa créativité. Ce n'est pas une humilité feinte, plutôt une peur de décevoir, de ne jamais être à la hauteur. Elle s'honore au moins d'en avoir conscience, persuadée qu'ainsi la moitié du chemin est parcourue. Elle avance. Et puis, pourquoi faudrait-il devenir un garçon ? Non, elle ne veut pas renoncer à être elle-même, elle ne veut pas amputer sa féminité, elle ne veut pas ressembler aux hommes. L'idée que pour être féministe, il faudrait gommer, dénigrer, se séparer de tout ce qui relève du féminin pour s'aligner sur le masculin, ce n'est décidément pas son point de vue. Jeanne est persuadée qu'en la matière, tout reste à inventer.

À force d'observer ses dessins, Jeanne finit tout de même par en trouver certains dignes d'intérêt. Oui, elle a bien réussi le croquis de ce sénateur qui, dans l'ascenseur avec une assistante parlementaire, ose en appuyant sur le bouton du 5e étage : *On va avoir le temps de s'envoyer en l'air !* Jeanne se demande si ce n'est pas son préféré. Mais il manque encore une planche. Le texto de Louis Croquelin à Manon, envoyé le lendemain de sa fête d'anniversaire, ne peut pas rester dans les tiroirs, il a toute sa place dans la série. Dessiner un sms, ce n'est pas simple mais Jeanne essaie, en riant par avance à l'idée que les mots du leader circulent sur les réseaux sociaux. Bien sûr, personne ne saura que c'est Louis Croquelin mais lui devrait se reconnaître. Jeanne a envie de porter ce coup, de venger Manon, de faire taire tous ces hommes *qui se croient tout permis.* Avec un crayon à mine dure, Jeanne représente Manon assise chez elle, on reconnaît son sofa et les moulures au plafond. Elle dessine un énorme téléphone portable pour pouvoir écrire les mots que le député médiatique lui a écrits, alors qu'ils n'avaient aucune autre intimité que ces deux heures de discussion politique la veille : *Tu veux voir mon gros gourdin ?* Elle n'en revient toujours pas de cette phrase si directe, grasse, laide. Et, pour Jeanne, il n'y a pas besoin des explications de Manon pour comprendre qu'elle est *déplacée et machiste.* Non, il n'est pas nécessaire de se justifier comme l'a fait son amie, bouleversée par ce message. Au cours de la soirée, Louis Croquelin avait bien semblé lui faire des avances et Manon était restée à l'écouter.

Parce qu'elle aime sa verve, son humour, ses grands yeux verts qui s'écarquillent toutes les deux phrases. Mais jamais elle n'avait eu l'idée de coucher avec lui, non vraiment, elle le trouve très laid et il pourrait être son père, elle n'aime pas du tout. Pourtant, Manon a poursuivi la discussion gentiment – *Trop gentiment ?* Jeanne l'avait tout de suite arrêtée – *Les femmes violées en minijupes restent des femmes violées, les filles sympas à qui on envoie des messages dégueulasses restent des filles sympas, et pas des allumeuses qui l'ont bien cherché, merde à la fin !* Pourquoi Jeanne avait-elle toujours l'ardeur de la révolte pour les autres et non pour elle-même ?

Alors qu'elle griffonne les cheveux poivre et sel de Louis Croquelin, le téléphone de Jeanne retentit. C'est Pablo. Il vient de recevoir les scans de ses derniers dessins, elle les lui a envoyés pour avoir son avis, un point de vue masculin, mais pas n'importe lequel, celui de Pablo Zenan qui ne ressemble pas aux autres hommes qu'elle a rencontrés. Il est emballé. Pablo a toujours de l'enthousiasme pour deux, songe Jeanne en notant que c'est agréable, tout simplement. Avec lui, au lieu d'être arrimée à des mâles dominants qui brillent et qu'elle attend, Jeanne est concentrée sur ses réalisations, ses désirs. C'est bouleversant. Est-ce la mort d'Antoine qui lui a permis de passer à une autre forme de relation ? À l'instant où cette question lui traverse l'esprit, Jeanne se reproche d'avoir même osé se formuler une hypothèse aussi indécente, déplacée, cynique. Mais elle est convaincue d'une chose aujourd'hui, ce n'est pas seulement Antoine qui est mort, ce sont tous les Antoine de sa vie qui semblent avoir péri avec lui.

21 ter rue Voltaire, Paris 11e – 12 septembre

Lila était passée totalement à côté. C'est grâce à l'équipe d'animation de son association Les Alter Égaux, lors de la réunion de rentrée, qu'elle découvre l'affaire Drevon. Quand Julien présente ce point à l'ordre du jour, elle se demande depuis combien de temps elle vit hors du monde. Durant de longs mois, Lila a été happée par l'obsession d'Antoine, elle a l'impression d'atterrir sur la terre ferme. L'attitude du bureau de l'Assemblée, la connivence masculine ayant permis d'étouffer cette affaire et de protéger le député la révulsent au plus haut point. Évidemment, elle participera à la manifestation organisée mardi prochain devant l'Assemblée nationale pour soutenir Inès Drevon qui, dernier fait en date, a retrouvé une fauche dans ses pneus de voiture. Pourquoi ce sujet ne s'est-il jamais invité dans ses conversations avec Antoine ?

Lila perçoit dans ce silence une explication supplémentaire à la folie qui s'est emparée d'elle. Lucile avait raison de se moquer, et son amie le fait désormais ouvertement – *Sérieusement, tu aurais joué la madame Polin organisant des dîners avec la clique d'Énergie et Liberté, attendant gentiment ton mari devenu ministre d'un gouvernement que tu vomis, t'occupant des enfants pendant que monsieur massacre la fonction publique ? Pardon mais c'est à se demander si sa mort ne t'a pas sauvée…* Lila supportait cette lucidité, cette cruauté même, comme si Antoine n'était plus qu'un songe, une parenthèse irréelle, un épisode obsolète, non seulement passé mais dépassé. Au fond, elle retrouvait petit à petit son axe, son unité intime et politique. Elle continuait à traverser des crises violentes de tristesse en se remémorant un lieu, une odeur, un geste d'Antoine, mais la déflagration de sa mort avait commencé à laisser place à la réflexion sur le sens de cette passion aussi irrépressible qu'incompréhensible.

Alors que Julien introduit la discussion sur leur prochaine opération, « Le tribunal des GAFA », Lila se demande ce qu'elle a aimé chez Antoine, ce qu'elle a projeté sur leur histoire. Elle s'est toujours rêvée en femme libre, capable de faire coïncider son imaginaire avec ses idéaux. Puisqu'Antoine ne correspond en rien à ses désirs conscients, des fantasmes enfouis ont dû la rattraper. On n'échappe pas si facilement aux représentations sociales, même avec de la volonté politique. Lila se rend à l'évidence : elle a buté sur quelque chose qui la dépasse, qu'elle ne maîtrise pas. Et cette idée lui est assez insupportable.

Cabinet Fumard & associés, Paris 16e – 13 septembre

Estelle s'est mise sur son trente et un, Jeanne a choisi une tenue sobre, pour ne pas dire fade. L'une attend avec impatience, l'autre appréhende ce rendez-vous. Jeanne a une bonne dizaine de minutes de retard, *à cause du métro, un colis suspect.* Ce n'est pas vrai mais elle ne voit pas d'autre explication. Estelle l'accueille avec entrain dans son bureau simple et chaleureux, baie vitrée donnant sur des cerisiers, table arrondie en teck, chaises médaillon en velours orangé. Jeanne est impressionnée par les toiles au mur qui, même si elles ne suscitent pas la moindre émotion chez elle, en imposent par leur nombre et leur diversité.

Vous voulez un café ? On peut se tutoyer, qu'en dites-vous ? Dans ses petits souliers, Jeanne s'empresse de répondre *Oui bien sûr*, même si elle a déjà pris quatre cafés ce matin et qu'elle adore la distance du vous, qu'elle a d'ailleurs toujours employé avec le mari d'Estelle… Elle n'en dira rien, Antoine restera l'éléphant dans la pièce. Jeanne est intimidée devant cette femme qui a l'air à la fois puissante et tellement bienveillante, c'est déconcertant.

Estelle sait par où elle va commencer et comment elle va clore cet entretien. Elle veut des informations sur les mouvements féministes. Elle cherche aussi à se prouver qu'elle domine la situation face à la maîtresse de son défunt mari. *Vous prenez du sucre?* Si Jeanne a besoin de douceur, celle d'Estelle n'arrive pas à l'apaiser. Se tenir face à la femme d'Antoine n'est pas une mince affaire. Elle n'arrive même pas à prendre de ses nouvelles, à exprimer un mot de condoléances pour la veuve. Les formules qu'elle ressasse dans sa tête restent encalminées. De l'autre côté du bureau, Estelle paraît tout à fait à son aise – *C'est plus facile, elle est à mille lieues d'imaginer qu'elle a face à elle la dernière maîtresse de son mari*, spécule Jeanne en avalant une gorgée de ce café trop serré.

Après avoir dévisagé Jeanne, la jugeant finalement assez quelconque, en tout cas davantage que dans son souvenir à l'Hôtel de Lassay, Estelle va droit au but : sa cliente Madeleine Piaget est devenue mécène de la jeune étudiante Emma Krentzer et souhaite contribuer à la diffusion de son œuvre qui a cumulé en quelques heures 300 000 likes et 125 000 commentaires sur Twitter. Estelle veut l'aider, elle a récemment pris conscience de la gravité et de l'ampleur des violences faites aux femmes, mais elle ne connaît pas les mouvements féministes et cherche une porte d'entrée, persuadée que Jeanne a toutes les clés. L'assistante parlementaire se met en pilote automatique pour lui présenter la galaxie des mouvements pour l'égalité entre les sexes puis Balance Ton Député, sa genèse, ses actions.

L'échange ressemble à un entretien d'embauche quand Estelle rompt cette ambiance : *Et vous avez déjà entendu des choses sur Antoine ? Désormais, je préfère savoir qui était vraiment mon mari…* Stoppée net dans son élan, estomaquée par l'impassibilité d'Estelle et sa soif d'informations, Jeanne les pommettes rosies répond du tac au tac dans un élan instinctif de protection d'Antoine : *Non, jamais madame.* Estelle prend comme une claque ce « madame », mise à distance explicite alors qu'elle cherchait le rapprochement, la confidence. Elle ne croit pas un mot des propos de Jeanne disculpant son mari. Elle la trouve trop polie pour être honnête – ou trop éprise d'Antoine pour garder sa lucidité.

Estelle éprouve une sorte de jouissance, celle de la maturité, dans la farce de cette rencontre impossible. Elle voit bien que la jeune assistante parlementaire ne soupçonne pas un instant qu'elle a compris, ce qui lui offre une supériorité sur Jeanne. Estelle prend un malin plaisir à voir son interlocutrice déstabilisée mais contrainte de donner le change. Elle enchaîne sur Pascal Drevon, convaincue de trouver là prétexte à connivence. Elle cherche à créer du lien pour pousser Jeanne plus avant dans son malaise, déjà évident, avec sa jambe droite qui s'agite nerveusement, ses oreilles rouges, ses airs de petite fille devant l'institutrice. Jeanne annonce qu'elle va rencontrer madame Drevon avec Émilie Clark et sa collaboratrice, son amie Manon. Estelle aimerait pousser son avantage en lui proposant de participer au rendez-vous mais, curieusement, elle se retient. Elle évoque la date du 25 novembre, Journée internationale de lutte contre les violences faites aux femmes, pour imaginer une performance féministe avec l'œuvre d'Emma Krenzer. Jeanne acquiesce, feignant maladroitement une pointe d'enthousiasme, puis elle tente une autre hypothèse – *Vous savez qu'après-demain a lieu une manifestation de soutien à madame Drevon devant l'Assemblée ?* Estelle trouve l'idée intéressante mais le dessin de la jeune artiste américaine parle de violences sexuelles et non de harcèlement. Bien sûr, il y a un lien, néanmoins elle préférerait une manifestation plus directement en phase avec le sujet du viol qui préoccupe sa cliente. En revanche, Estelle tâchera de venir samedi, justement pour évaluer la place que pourrait prendre l'œuvre d'Emma Krenzer dans une prochaine manifestation et aussi pour rencontrer d'autres féministes engagées. Et puis Estelle est enthousiaste à l'idée d'aller manifester, elle n'a pas défilé depuis la fac, c'est très excitant.

Sur ce, Estelle lève la séance, grand sourire aux lèvres. Elle ne comprend plus pourquoi son mari s'est entiché de cette jeune fille, ravissante, il faut bien le reconnaître, mais qui a l'air d'une gamine. L'appétit d'Antoine à tout vivre, tout posséder, était vraiment sans limite, conclut-elle en silence. Puis elle remercie chaleureusement Jeanne qui renfile son manteau, la tête basse, inquiète de l'impression qu'elle a laissée.

Porte refermée, Estelle attrape dans son tiroir un carré de chocolat noir à la fleur de sel. À la sensation désagréable du face-à-face avec une maîtresse de son mari s'est substituée la satisfaction nouvelle, imprévue, d'avoir dominé la situation. La disparition d'Antoine l'oblige. Elle n'a plus son épaule pour se reposer, son désir palpitant pour la porter. La mue qui a précédé son décès lui permet d'entamer une bifurcation. C'est encore branlant, évidemment incertain mais Estelle révèle chaque jour davantage une force et un désir insoupçonnés. Le téléphone sonne, sa secrétaire lui transmet l'appel de Gilbert Fumard. De Londres, son chef a visiblement besoin de lâcher ses nerfs sur une collaboratrice. Un dossier en retard, elle n'y est pour rien, il lui passe pourtant un savon.

En raccrochant, Estelle se prend pour la première fois à rêver de ne plus dépendre de lui, jamais. Elle sort un carnet neuf de son placard, petit format, jaune à spirale et écrit : Cabinet Polin. Elle relit, raye et recommence : Cabinet Frieden. Oui, Estelle fait remonter à la surface son nom de jeune fille enfoui depuis deux décennies, répétant « Frieden » dans sa tête, comme si elle avait retrouvé les clés d'un coffre-fort. Disparaître derrière son mari, c'est fini. Travailler dans l'ombre de Gilbert Fumard, ce pourrait n'être bientôt qu'un vieux souvenir. Estelle ferme les yeux, laisse divaguer ses pensées. Elle voit une plaque en bas d'un immeuble haussmannien, éclairée par un soleil rasant : « Cabinet Frieden – Expertise en art féminin contemporain ».

Place Édouard Herriot, Paris 7e – 15 septembre

Les militantes de Balance Ton Député sont arrivées les premières, sacs à dos remplis de pancartes. Entre la brasserie Le Bourbon et la boutique de l'Assemblée nationale, elles déploient la banderole : « Solidarité avec Inès Drevon #WETOOGETHER ». Jeanne, Manon, Prune et Eugénie installent en piles les affiches fabriquées à la main tout le week-end, agrafées sur des morceaux de bois et portant chacune un slogan : « Pour que nos vies ne soient plus classées sans suite », « On ne tue jamais par amour », « Nous sommes le cri de celles qui n'ont pas de voix » … Mathilde les rejoint avec sa préférée à la main : « On se lève et on se bat ».

À vingt minutes de l'heure du rendez-vous, une centaine de personnes sont déjà sur place, c'est bon signe. Avec Pablo, Jeanne installe un fil entre deux arbres pour exposer ses dessins à l'aide de pinces à linge en bois bleues achetées pour l'occasion. Elle est à la fois fière et intimidée. *C'est ce que l'on appelle le trac*, lui murmure Pablo avant de s'arrêter sur un croquis qui l'amuse. On y voit un député, à moins que ce ne soit un directeur de cabinet ou de services, avec cette bulle : « Tu as un cul qui attire la main ! » Une jeune femme en jupe, bottes et chignon lui répond : « Et toi, c'est ta gueule qui attire la mienne ! » Cette planche, envoyée avec deux autres par communiqué, est déjà parue dans la presse ce matin, et dans une heure, tout sera en ligne. Jeanne trépigne d'impatience.

À 14h52, Lucile dépose Lila, Julien et la sono sur la placette Édouard Herriot. À peine descendue de voiture, Lila aperçoit Jeanne de dos, ce qui la met d'une humeur de chien. Elle a immédiatement reconnu ses longs cheveux et aussi la forme de sa taille, de ses fesses qu'elle avait observée avec attention à l'anniversaire de Manon. Julien s'avance pour se présenter, au nom des Alter Égaux, aux collaboratrices de Balance Ton Député – *On pose où la sono ?*

Sur les trottoirs adjacents, des journalistes patientent, leurs carnets ou leurs caméras à la main. Depuis deux jours, l'affaire Drevon défraye la chronique et les réseaux sociaux. Le bureau de l'Assemblée nationale a dû convoquer une réunion exceptionnelle demain matin pour lever l'immunité parlementaire de Pascal Drevon. Le nouveau président, jeune et dont l'épouse est une écrivaine engagée pour les droits des femmes, entend mettre fin à ce qu'il qualifie, en privé, de scandale. Le rassemblement doit maintenir la pression pour assurer le vote du bureau protégeant Inès Drevon et permettant à la justice de procéder, par exemple, à une garde à vue de son ex-mari. L'appel à la manifestation, signé par 152 associations, partis et syndicats, met également en lumière l'ensemble des comportements sexistes et violents à l'égard des femmes dans ce lieu de pouvoir censé représenter la Nation. Balance Ton Député a obtenu, non sans difficulté, qu'y soit intégrée la phrase suivante : « À travers le cas de Pascal Drevon, ce sont les mécanismes de domination voire de prédation, favorisés par un statut de pouvoir, que nous voulons dénoncer. » Sa présidente Prune en a quasiment fait un *casus belli.*

À travers la devanture vitrée du Bourbon, Estelle observe tout ce petit monde s'agiter. Le folklore qui se met en place ne lui est pas familier. Elle prend un thé au jasmin en attendant Benjamin et Chloé. Elle pense à Antoine, à leur affrontement au sujet de l'affaire Drevon – *Serait-il venu cet après-midi ou aurait-il encore trouvé plus urgent, un mot d'excuse?* Estelle aperçoit le couple Pommard qui vient dans sa direction. Chloé porte une robe à fleurs avec des bottines jaunes. Cette fois encore, elle ne passera pas inaperçue. Benjamin marche d'un pas lourd, il ne s'est toujours pas remis de la mort d'Antoine, sa vie politique sans boussole le déprime profondément.

Estelle se réjouit de les voir ici, à ses côtés, sans bien savoir s'ils sont là pour Inès Drevon ou pour faire plaisir à la veuve d'Antoine.

À 15h30, la place est remplie. Émilie et Manon ont un peu de retard, elles ont dû repasser au bureau, la députée y avait oublié son écharpe tricolore. En remontant la rue de l'Université, Manon prépare un tweet pour sa cheffe pendant qu'Émilie se repoudre devant une petite glace qui saute à mesure qu'elle avance – *J'ai une sale gueule, non ?* Manon a cessé de répondre à ce genre de questions qui n'en sont pas. Elle préfère s'enthousiasmer de la foule qui s'amasse, débordant sur les rues adjacentes et se déversant sur la place du Palais-Bourbon, devant l'entrée principale de l'Assemblée. Toutes deux pressent le pas avec jubilation.

Estelle entraîne Benjamin et Chloé vers Jeanne, la seule personne qu'elle connaisse dans ce rassemblement. À une centaine de mètres, le regard de Lila se fixe sur eux : qui est cette blonde qui discute avec Jeanne, à côté de Benjamin Pommard ? Son allure, son visage lui disent quelque chose. Elle la scrute en s'isolant mentalement au milieu des voix qui commencent à chanter – *Nous sommes fortes, nous sommes fières, et féministes et radicales et en colère !* Lila repère l'impeccable brushing de cette femme qui semble au tournant de la cinquantaine, avec une chemise bleu ciel, de marque vu le chic de la matière, et des mocassins au style indiscutablement bourgeois. Est-ce l'épouse d'un député venue par solidarité ? Mais pourquoi connaîtrait-elle son visage ? Une fraction de seconde plus tard, Lila tient sa réponse qu'elle vérifie en tapant « femme d'Antoine Polin » sur le moteur de recherche de son portable. Le visage qui s'affiche correspond à la femme au brushing et mocassins. Il y a quatre mois, mortifiée de jalousie, Lila aurait vacillé à la vue de celle qui a partagé vingt-cinq ans de sa vie avec l'homme qu'elle désirait éperdument. Aujourd'hui, Lila ressent une forme de compassion, et ce d'autant que son apparence physique lui rappelle toute la distance qui la séparait en réalité d'Antoine. Et puis, *c'est elle qui a perdu l'amour de sa vie, la pauvre*. Avec un peu de lucidité, Lila s'avouerait que c'est Jeanne qui suscite davantage sa jalousie. Une histoire de corps, d'âge, ou plus exactement de projection du désir masculin, en tout cas de l'idée qu'elle s'en fait.

De son côté, Jeanne ne sait pas comment se débarrasser d'Estelle. Elle n'a pas envie de lui parler, ni de penser à Antoine, elle tente d'éviter cet échange hypocrite. Jeanne reste concentrée sur ses dessins et les réactions des manifestants. Heureusement, Émilie Clark et Manon s'approchent, avec Lila et Lucile qu'elles ont embarquées au passage. Jeanne s'empresse de faire les présentations. Au nom de « Lila », Estelle sourit, songeant à la lettre enflammée retrouvée dans la veste de son mari. Pas une seconde elle n'imagine que cette Lila puisse en être l'auteure. Avec ses petites lunettes papillon et ses baskets, la militante paraît si loin de son mari que l'idée ne l'effleure pas un instant. Seule l'évocation du nom de « Lila » lui rappelle qu'Antoine brûlait de désir et d'amour pour d'autres femmes. Sur ce point, Estelle ne veut pas en savoir davantage, elle a sa dose de douleur, il n'est plus question d'en rajouter. Pour chasser ses sombres pensées, elle se raccroche à la manifestation qui s'étend et s'égaye. Ici, elle est sortie de sa bulle, elle rencontre un mouvement qui bouscule son intimité.

Les gens continuent d'affluer, au point que les organisatrices de la manifestation demandent à Julien de déplacer la sono pour l'installer devant le 28 rue de l'Université qui donne sur la place du Palais-Bourbon. Ainsi les prises de parole se feront dos à l'entrée principale de l'Assemblée, ce qui offrira de belles images pour les JT. Émilie est déjà sous le feu des questions des journalistes – *Pensez-vous que demain le bureau votera à l'unanimité la levée de l'immunité ? Vous avez échangé avec Inès Drevon, croyez-vous qu'elle est réellement en danger ? Vous attendiez-vous à une mobilisation de cette ampleur ? Il n'y a qu'une vingtaine de députés aujourd'hui, et seulement quatre hommes, trouvez-vous cela normal ?* Émilie enchaîne les réponses, en faisant signe à Manon de lui trouver une bouteille d'eau, gazeuse de préférence. La jeune femme s'exécute en courant vers la supérette la plus proche, rue de Courty. Sur son passage, elle croise

Louis Croquelin. Elle détourne le regard, avance plus vite encore, elle voudrait parler à Jeanne, tout de suite, lui dire qu'elle est révulsée qu'il soit là, que *tous ces porcs n'ont qu'à rester chez eux aujourd'hui*, qu'elle a envie de lui cracher à la figure, de lui dire *dégage*, mais elle ne le fera pas, elle le sait, alors elle accélère encore pour ramener de l'eau à Émilie, pour que la députée ne manque de rien pendant qu'elle *dézingue tous ces machos.*

Près de la sono, Lucile sort un bout de papier sur lequel elle a rédigé quelques phrases pour son intervention au nom des Alter Égaux. Elle révise, elle voudrait parler sans notes. À côté d'elle, Lila est perdue dans ses songes. Lucile lui demande si elle pense à Antoine. Bien sûr qu'elle pense à Antoine. Lucile lui adresse un regard tendre avant de lui confier : *J'ai l'impression que la mort d'Antoine symbolise la fin d'un monde*. Elle n'ose pas poursuivre de peur de choquer son amie encore blessée, mais au fond d'elle, elle se dit que sa disparition figure aussi l'effondrement d'un certain rapport au pouvoir centré sur la possession et la domination. Lila ne peut pas encore l'entendre mais elle est en train de le comprendre. Comme Jeanne qui, postée juste à côté, a entendu Lucile. Saisie par la justesse et la simplicité des mots prononcés, elle s'avance vers les deux femmes : *Et maintenant, on fait comment?*

Cet ouvrage a été imprimé
par CPI Firmin – Didot au Mesnil-sur-l'Estrée
pour le compte des éditions Grasset
en mai 2022

Composition réalisée par Belle Page

PAPIER À BASE DE
FIBRES CERTIFIÉES

Grasset s'engage pour
l'environnement en réduisant
l'empreinte carbone de ses livres.
Celle de cet exemplaire est de :
750 g éq. CO_2
Rendez-vous sur
www.grasset-durable.fr

N° d'édition : 22481 – N° d'impression : 169147
Dépôt légal : juin 2022
Imprimé en France